BARBARA CARTLAND

l'énigmatique marquis

traduit de l'anglais par Horace Cassidy

Éditions J'ai Lu

Ce roman a paru sous le titre original :

LIGHT OF THE MOON

NOTE DE L'AUTEUR

Dès la première course, en 1780, le Grand Prix du derby prit une importance telle que Disraeli, quelques années plus tard, le qualifia de « Ruban bleu du monde des courses ».

En 1847, comme les députés souhaitaient vivement être présents sur la colline d'Epsom, on soumit cette motion à l'Assemblée : que la Chambre des communes « ne siège pas le jour du derby ». Cette proposition fut adoptée à la quasi-unanimité, seuls quelques députés écossais ayant voté contre.

De tout temps, la famille royale marqua son intérêt pour cette manifestation. Lors du premier derby, le poulain du duc de Cumberland, *Eclipse*, prit le départ comme « cheval non classé ». En 1788, le prince de Galles, futur George IV, gagna la course avec *Sir Thomas* qui partait favori. Mais la journée la plus mémorable fut celle où Edouard VII, grâce à *Minoru*, devint le premier monarque régnant à remporter le derby : l'assistance entière, comme un seul homme, entonna l'hymne national.

1

1820

— J'suis désolée, mademoiselle ! Pour sûr, j'l'ai point fait exprès.

Le ton de la voix était larmoyant et Neoma, tout en considérant avec regret la nappe roussie, prit sur elle de dire avec douceur :

— Ce n'est pas grave, Emily. Ce n'est pas ta faute. J'aurais dû faire ce repassage moi-même.

— J'voulais rien que me rendre utile, mademoiselle, vous le savez que j'voulais rien que faire plaisir.

— Oui, je le sais. Tu fais tout ton possible, Emily.

— C'est seulement que j'peux point arriver à faire les choses selon que vous l'disez.

A présent les larmes débordaient, inondant le visage de la jeune fille.

— Il y a beaucoup de choses que tu fais très bien, la consola Neoma, et chaque jour je constate tes progrès. Aussi, ne pensons plus à cette nappe. De toute façon, elle n'était pas neuve.

— J'vais tenter d'mieux faire dans l'futur, promis, parole, mademoiselle, répliqua Emily en s'essuyant les yeux du revers de la main.

— J'en suis certaine, approuva Neoma. Et, maintenant, achève de laver le sol de la cuisine. Je pourrai ensuite me mettre à préparer le déjeuner. M. Peregrine ne va pas tarder à rentrer.

Ramassant la nappe, Neoma sortit de la pièce et l'emporta à l'étage pour la ranger dans l'armoire à linge.

« Cette nappe me sera utile pour rapiécer », se dit-elle.

Neoma espérait qu'à l'avenir Emily ne prendrait plus d'initiatives, car celles-ci se soldaient invariablement par un désastre.

On ne pouvait en tenir rigueur à la pauvre enfant : elle n'avait que quatorze ans et était arrivée dans la maison sans aucune formation.

Comme Neoma ne le savait que trop bien, ils n'avaient pas les moyens de se payer des domestiques plus âgés et plus expérimentés. Aussi fallait-il espérer qu'Emily s'améliorerait avec le temps.

Le même phénomène s'était produit avec Annie. Mais dès que celle-ci était devenue plus capable, elle avait compris qu'elle pourrait obtenir ailleurs de bien meilleurs gages. Ainsi Neoma dut-elle recommencer avec une nouvelle jeune servante.

En arrivant à l'armoire à linge, en haut de l'escalier, Neoma se dit qu'elle avait malgré tout de la chance d'avoir trouvé quelqu'un pour l'aider. Réflexion faite, ici, la maison n'était pas bien vaste et ce n'était pas comme habiter au manoir.

Mais le seul fait de penser à sa vraie maison et à la campagne amena une expression nostalgique sur le visage de Neoma.

La propriété dans laquelle elle avait vécu depuis son enfance lui manquait beaucoup. Comme elle avait envie de revoir le jardin ! Même envahi d'herbes folles, à cette époque de l'année il était l'image même de la beauté avec ses lilas et ses seringas en fleur !

C'était le temps où apparaissaient les premiers boutons de rose dans cette roseraie qui avait fait les délices de sa mère.

« Mais à quoi bon penser au manoir de Standish », se dit Neoma.

Peregrine voulait vivre à Londres et qui aurait pu l'en blâmer ? Pour de jeunes nobles désargentés, en l'absence de bons chevaux à monter, la vie à la campagne est extrêmement ennuyeuse.

Neoma ouvrit l'armoire à linge et, après avoir plié la nappe endommagée, la rangea soigneusement sur le rayon où elle gardait le linge de maison hors d'usage.

L'étagère se remplissait et c'est en poussant un léger soupir qu'elle se remémora le nombre de serviettes de toilette, de draps et de taies d'oreiller qu'ils avaient utilisés chez eux et qui peu à peu s'élimaient, devenaient inutilisables.

Mais il restait encore d'importantes piles de linge de maison sur les autres rayons et elle se consola à la pensée qu'il coulerait beaucoup d'eau sous les ponts avant qu'acheter du neuf ne devienne une nécessité.

« Et s'il fallait s'y résoudre, où trouverions-nous l'argent ? » se demanda-t-elle.

Cette question ne revenait pas une fois, mais une douzaine de fois par jour et chaque fois Neoma était angoissée.

Quel problème pour joindre les deux bouts avec le peu d'argent que Peregrine lui accordait pour tenir la maison de Londres !

A la campagne, il y avait les légumes du jardin, des lapins et des pigeons (il suffisait de convaincre quelqu'un de les tirer) et, bien sûr, des œufs frais.

Ici, il fallait tout acheter et souvent Peregrine, écœuré, se récriait que la nourriture n'avait plus le même goût et demandait à Neoma ce qui se passait avec sa cuisine.

Il aurait été bien inutile de lui expliquer qu'elle cuisinait toujours de la même façon, mais qu'elle ne pouvait acheter que dans les boutiques les moins chères ou chez les marchands ambulants de King's Road.

Ils avaient eu de la chance sur un point : la maison qu'ils avaient louée à Chelsea était petite et meublée.

L'occupant précédent était une actrice. Après l'avoir meublée, un monsieur avait mis cette maison à sa disposition.

Neoma ne se faisait pas une idée très nette des relations existant entre l'actrice et ce monsieur. Mais cela l'intriguait, car elle ne comprenait pas les motifs de la querelle à la suite de laquelle l'actrice avait déménagé dans une propriété plus grande et plus cossue.

C'était une chance pour Neoma et Peregrine qui louaient la maison pour une somme minime pendant que les avocats du monsieur s'efforçaient de la vendre.

— Bien sûr, il ne me viendrait pas à l'esprit d'inviter ici mes amis, déclara un jour Peregrine d'un ton hautain. Si je les recevais, ce serait à mon club.

— Recevoir ? (Neoma eut du mal à murmurer ce mot avant de s'écrier :) Peregrine, tu n'as pas les moyens de recevoir ! Tu sais bien que nous avons très peu d'argent.

— Tout cela est bien beau, répliqua-t-il avec vivacité, mais, si j'accepte des invitations, il faut bien que je fasse mon possible pour rendre la politesse.

— Pas si tu n'en as pas les moyens ! se récria Neoma d'une voix ferme. Quoi qu'il advienne, mon chéri, tu ne dois pas faire de dettes. Ce serait catastrophique !

Peregrine n'appréciait guère qu'elle lui rappelât souvent leur manque de ressources.

Mais elle aimait son frère et voulait le voir heureux. Aussi, quand celui-ci avait insisté pour venir habiter à Londres, Neoma s'était-elle, à grand-peine, abstenue de lui rappeler qu'il n'en avait pas les moyens.

Elle avait eu beaucoup de mal à trouver les vêtements qu'exigeait Peregrine, vu ses idées de grandeur : il se croyait tenu de se fournir chez un tailleur en vogue et, naturellement, de porter les culottes couleur champagne et très ajustées qui faisaient fureur parmi les dandys de St. Jame's Street.

Il lui fallait également une quantité — pour tout dire anormale — de cravates de mousseline. Celles-ci devaient être nettoyées et empesées d'une manière bien spécifique et nouées à la toute dernière mode.

Neoma découvrit pourquoi il lui en fallait tant : n'ayant pas de valet de chambre, Peregrine chiffonnait plus d'une demi-douzaine de cravates, sinon davantage, avant de réussir un nœud satisfaisant.

Etant donné le temps que prenaient repassage et empesage, Neoma s'exerça en cachette à faire des nœuds dans les styles prisés par Peregrine.

Au début, il considéra avec mépris l'insistance qu'elle mettait à vouloir nouer sa cravate comme il le souhaitait.

Mais bientôt il demanda à sa sœur d'apprendre d'autres façons à la mode de nouer les cravates : il finit par lui avouer que ses nœuds excitaient l'envie de ses amis.

— Charles m'a demandé qui était mon nouveau valet de chambre, raconta-t-il à Neoma.

— Charles sait pertinemment que tu n'as pas les moyens de te payer un valet de chambre ! répliqua Neoma. Donc, il a voulu être sarcastique, ou me faire un compliment détourné !

— Je n'ai pas du tout l'intention de révéler à Charles que tu noues mes cravates, repartit Peregrine. Tu sais à quel point il est bavard.

— C'est bien vrai ! reconnut en riant Neoma. Il

doit donc tout simplement penser que tu les noues toi-même et que tu t'en tires très habilement.

— Voilà exactement ce que je veux qu'il croie ! s'exclama Peregrine d'une voix ferme.

Charles Waddesdon était l'ami le plus intime de Peregrine. Enfants, ils avaient joué ensemble, leurs domaines étant contigus.

Ils étaient allés à Eton en même temps et Charles, qui avait hérité de son père le titre de baronnet et le domaine appauvri qui s'y rattachait, avait eu l'intention d'étudier à Oxford. Mais il découvrit que Peregrine était dans l'impossibilité d'en faire autant, et les deux amis décidèrent d'aller se faire connaître à Londres.

Neoma se demandait parfois s'il n'aurait pas mieux valu essayer par tous les moyens de trouver la somme nécessaire pour envoyer Peregrine à Oxford.

Mais il était trop tard à présent, et la jeune fille était consternée par le total des dépenses qu'il avait fallu faire pour équiper son frère comme un « lion de la mode ».

Toutefois, c'est la fermeture du manoir qui l'avait véritablement contrariée.

Bien sûr, ils n'y occupaient que quelques pièces et comment entretenir une telle demeure avec pour seule aide un vieux couple au service de son père et de sa mère depuis plus de quarante ans !

Le ménage était resté là-bas pour garder le domaine, parce qu'il fallait bien que quelqu'un s'en occupe, et Neoma qui, à présent, devait se débrouiller avec une jeune idiote, regrettait leur manière lente mais consciencieuse de faire les choses.

Elle regrettait aussi de ne plus entendre parler de son père et de sa mère et du « bon vieux temps ».

C'était là un sujet de conversation très fréquent dont Neoma ne se lassait jamais. Les braves gens lui parlaient des réceptions où sa mère avait officié en tant qu'hôtesse et des déjeuners de chasse les jours où son père avait été grand veneur.

Autrefois, beaucoup de serviteurs aidaient à l'entretien du manoir.

Il y avait eu jusqu'à six jardiniers pour rendre les pelouses pareilles à du velours et empêcher la croissance anarchique des arbustes. Mais, de l'avis de Neoma, même à l'état sauvage, même non entretenu, le jardin, quand il fleurissait, restait un des plus beaux endroits du monde.

Chaque rayon de soleil entrant par les fenêtres qui donnaient sur Royal Avenue la faisait mourir d'envie de se trouver là où, se disait-elle, elle aurait dû être : chez elle.

Mais il fallait compter avec Peregrine et celui-ci était avide de l'agitation et de la gaieté londoniennes.

En pensant à lui, Neoma abaissa les yeux vers la pendule du hall et se demanda ce qui lui était arrivé. Il avait certainement passé la nuit dans l'appartement de Charles Waddesdon sur Half Moon Street.

C'est là que Peregrine avait couché à plusieurs reprises, quand il était trop « éméché » pour faire le trajet du retour jusqu'à Chelsea.

Neoma pensa, en femme pratique, que c'était ce qui avait dû se passer la veille. En même temps, elle ne pouvait s'empêcher d'être inquiète, car Peregrine était extrêmement insouciant et ses réactions imprévisibles.

« Je vais lui mitonner un bon déjeuner », se dit-elle.

Elle allait descendre l'escalier, quand elle l'entendit frapper à la porte d'entrée.

Il avait une façon bien à lui de cogner à la porte et Neoma, poussant un petit cri de joie, descendit en courant l'escalier.

Elle ouvrit et trouva Peregrine, ainsi qu'elle s'y attendait, debout sur le seuil, encore en tenue de soirée, et la cravate, qu'elle avait si adroitement nouée pour lui la veille, molle et chiffonnée.

Il avait sur le visage une expression qui lui fit retenir son souffle.

— Qu'y a-t-il ? demanda-t-elle. Que s'est-il passé ?

A sa grande surprise, son frère passa devant elle sans répondre et, jetant son haut-de-forme sur une chaise, lança durement :

— Il faut que je te parle, Neoma !

Il continua d'avancer vers le salon situé à l'arrière de la maison.

Cette pièce donnait sur une simple courette où poussait un grand pommier sauvage dont la floraison faisait oublier la laideur des murs.

Neoma suivit Peregrine au salon, referma la porte derrière elle et s'aperçut, comme il était adossé à la cheminée éteinte, qu'il avait passé une très mauvaise nuit.

Il était pâle et avait les yeux cernés. La jeune fille comprit tout de suite qu'il s'était livré à des excès de boisson, comme cela s'était déjà produit à plusieurs reprises.

C'était manifestement un des dangers de la vie à Londres.

Peregrine ne buvait guère à la campagne et n'avait jamais vraiment aimé le vin de Bordeaux. Mais à présent il buvait avec les gentlemen qu'il rencontrait à son club et était immanquablement malade le lendemain.

Neoma était devenue très perspicace quand il s'agissait de Peregrine, et elle sentit, en attendant ses paroles, que l'alcool n'était pas la seule raison de son trouble, qu'il y avait autre chose.

Elle eut un brusque pincement au cœur et le pressentiment que cette autre chose pourrait être catastrophique.

— J'ai à te parler, recommença Peregrine.

— De quoi s'agit-il, mon chéri ? demanda Neoma. Cela ne peut-il attendre que tu aies bu un peu de café ? Il ne me faudra qu'une minute pour t'en apporter une tasse.

— Je dois te parler avant de faire quoi que ce soit, répondit Peregrine d'un ton obstiné qui fit comprendre à sa sœur qu'il était inutile de discuter.

Elle s'installa dans un fauteuil puis leva les yeux vers lui.

— Je ne sais par où commencer... avoua-t-il au bout d'un moment.

— Commence par le début, répliqua Neoma. Quand tu es parti d'ici hier soir, tu m'as dit que tu allais passer la soirée avec Charles.

— C'est ce que j'ai fait, répondit Peregrine. Je l'ai pris chez lui et nous sommes allés chez *White's*.

White's était le club le plus sélect de St. Jame's Street et le lieu de rencontre de tous les élégants et des dandys les plus en vue. Neoma savait que Peregrine, tout comme Charles, était très fier d'en être membre.

Ils devaient leur admission au fait que leurs pères avaient tous deux fait partie de ce club et que le père de Charles y avait laissé sa marque. Peregrine et Charles n'avaient donc pas eu de difficulté à se faire admettre par le comité hautement sélectif. Et puis, tous deux étant de parfaits inconnus à Londres, personne n'était susceptible de les repousser.

Comme les membres du *White's* étaient réputés pour jouer gros jeu et boire sec, Neoma s'était souvent demandé comment les choses se seraient passées si Peregrine était devenu membre d'un club moins huppé.

Toutes les fois qu'ils étaient libres, Charles et lui

allaient chez *White's* où ils étaient assurés de trouver des compagnons avec qui prendre un verre.

— En arrivant chez *White's*, poursuivit Peregrine, nous avons dîné sur le pouce, puis nous sommes montés au salon de jeu.

Neoma retint sa respiration. Maintenant elle avait peur... très peur de ce qu'allait lui apprendre Peregrine.

— Beaucoup de joueurs y misaient gros, continua-t-il, et quand l'un d'eux gagnait une très forte somme, il offrait une tournée générale.

— Est-ce l'usage ? demanda Neoma.

— Cela ne se produit pas aussi souvent qu'on l'aimerait, répondit Peregrine avec un petit sourire.

— Continue ! l'encouragea-t-elle.

— Après, chacun semblait avoir le cœur sur la main et, en tout état de cause, Charles et moi avons été gratifiés d'un bon nombre de verres. Par la suite nous nous sommes lassés de regarder jouer les autres.

— Qu'avez-vous fait alors ?

— Nous nous sommes assis à une petite table et avons joué ensemble au piquet.

— Cela semble bien innocent, risqua Neoma d'une voix encourageante.

— Il nous est déjà arrivé de le faire, répliqua son frère. Dans ce cas, quand d'autres nous regardent, il est convenu entre nous de faire semblant de perdre ou de gagner de fortes sommes.

— Que veux-tu dire ? demanda Neoma.

— Eh bien ! nous annonçons à haute voix que nous jouons tant de la partie, tant du point, expliqua Peregrine. Ensuite celui de nous deux qui perd remet à l'autre un billet à ordre. C'est une chose raisonnable à faire quand tous les autres misent de pareilles sommes.

Neoma comprenait parfaitement les sentiments des deux jeunes gens. Du fait de leur extrême jeunesse — Peregrine allait avoir vingt ans en décembre et Charles était du même âge — ils voulaient se rendre intéressants aux yeux de leurs amis ou de toute autre personne qui leur prêtait attention.

Dès leur enfance ils s'étaient amusés à ces sortes de comédies.

Elle se souvenait d'une époque où tous deux prétendaient être propriétaires de chevaux de course. Ils parlaient avec beaucoup de sérieux de l'argent des prix qu'ils avaient remportés et, après chaque course importante, calculaient la plus-value de leurs chevaux.

— Qu'est-il arrivé ? demanda-t-elle.

— Nous jouions depuis un certain temps, et avions déjà passablement bu, répondit Peregrine, quand une place se libéra à la table de jeu voisine de la nôtre. Un domestique du club vint nous demander : « L'un de vous, messieurs, serait-il intéressé à prendre la suite ? » Je secouai la tête mais, à mon grand étonnement, Charles répondit : « Je vais jouer ! Je me sens en veine ce soir ! » Quand il s'est levé pour se rendre à la table voisine, je me suis rendu compte qu'il était ivre.

Neoma jeta sur son frère un regard plein d'appréhension, mais ne fit aucune remarque pendant qu'il poursuivait :

— Charles prit place à la table. Quelqu'un lui précisa les enjeux et, horreur ! je vis Charles remplir un billet à ordre d'un montant assez élevé.

— Est-ce permis... au club ? s'enquit Neoma.

— Bien sûr ! répondit Peregrine avec impatience. Qui oserait sortir avec de pareilles sommes ?

Neoma poussa un petit soupir et son frère poursuivit :

— J'allai me placer derrière Charles et lui soufflai à l'oreille : « As-tu perdu la tête ? Tu ne peux pas jouer avec de l'argent que tu n'as pas ! Dis que tu ne te sens pas bien et viens ! »

— Qu'a-t-il répondu ? demanda Neoma.

— Il ne voulut rien entendre et tout de suite commanda à boire.

— Oh, Peregrine ! s'exclama Neoma.

Charles Waddesdon avait beau être le cinquième baronnet du nom, il était presque aussi désargenté qu'eux.

Son père avait perdu sa fortune au cours de la guerre, tout comme leur propre argent s'était évanoui en loyers jamais payés et en actions dont les cours avaient tellement chuté qu'il n'en était rien resté.

Charles et Peregrine possédaient tous deux un manoir, des fermes qui auraient exigé de sérieux investissements pour produire convenablement, et un nombre appréciable d'hectares de terres dont on ne pouvait rien tirer.

— Je savais que Charles était ivre, reprit Peregrine, mais même dans cet état, il semble en possession de tous ses moyens. Seule une personne le connaissant aussi bien que moi peut se rendre compte qu'il vit un rêve éveillé, sans contact avec la réalité.

— En d'autres termes, avança Neoma d'une voix grave, il se croyait riche et agissait en conséquence.

— Exactement ! approuva Peregrine. Et il se mit à jouer d'une façon qui me terrifia.

— Que faisait-il ?

— Il misait des sommes astronomiques. Du moins elles me paraissaient telles, mais j'imagine que pour les autres occupants de la table, il s'agissait de sommes tout à fait banales.

— Pourquoi ne voulait-il pas t'écouter ? s'écria Neoma.

— Je crois qu'il n'entendait même pas ce que je lui disais, répondit Peregrine. Et naturellement, j'étais obligé de chuchoter à son oreille. Je ne tenais pas à ce que tous les assistants comprennent qu'il était en train de se conduire comme un imbécile.

— Combien a-t-il perdu ? demanda Neoma qui, devinant la fatale issue de l'histoire, ne pouvait supporter d'attendre plus longtemps.

— Il a gagné !

— Gagné ? s'exclama Neoma.

— Dans un premier temps, expliqua Peregrine. En fait, il semblait avoir le toucher du roi Midas. Tout tournait en sa faveur et il gagnait coup sur coup.

— Oh, Peregrine !

Neoma poussa un soupir de soulagement.

— J'avais peine à croire que je ne rêvais pas, confia Peregrine. C'est alors que je compris qu'il me fallait absolument faire partir Charles pendant qu'il gagnait encore.

— C'était sage de ta part.

— Quand j'ai vu qu'il refusait d'entendre mes chuchotements, poursuivit Peregrine, je l'ai supplié d'arrêter. Je lui ai dit tout haut : « N'oublie pas, Charles, que nous avons un rendez-vous à minuit. A l'heure qu'il est, nous sommes déjà en retard. »

Neoma lui jeta un regard approbateur, pendant qu'il poursuivait :

— Charles faisait la sourde oreille. A vrai dire, il m'écarta d'une façon qui me fit comprendre qu'il était encore plus ivre que je ne le croyais.

Neoma attendit. Elle avait l'impression de connaître déjà la fin de l'histoire.

— A partir de ce moment-là, Charles se mit à perdre. Il devait bien avoir neuf ou dix mille livres devant lui, mais cette somme allait en diminuant.

— « Viens, Charles, viens ! Je t'en conjure, partons ! » le suppliai-je. Mais il avait dans le regard cette espèce de lueur sauvage qu'ont les joueurs dans les moments où rien d'autre n'a d'importance quand ils ne voient que les cartes sur la table.

— A-t-il tout... reperdu ? demanda Neoma à voix basse.

— Pire que cela ! répondit Peregrine. J'estime qu'en comptant l'argent liquide et les billets à ordre des autres joueurs, il lui restait quatre mille livres lorsqu'un homme, de l'autre côté de la table, se mit à parier contre lui. Au début je ne savais pas très bien de qui il s'agissait, puis je me rendis compte que ce joueur n'était autre que le marquis de Rosyth.

— Qui est-ce ? demanda Neoma.

— Un des êtres les plus effrayants que j'aie jamais rencontrés, répliqua Peregrine. Mais je te parlerai de lui plus tard.

— Bien sûr ! Continue ! supplia Neoma.

— La mise monta, poursuivit Peregrine. Soudain, Charles s'arrêta. On retourna les cartes : il avait perdu !

— Oh, Peregrine !

— C'est à ce moment-là, alors que Charles semblait s'affaisser sur sa chaise, que le marquis déclara : « Je crois, sir Charles, que vous me devez six mille livres ! » J'en eus le souffle coupé, je ne pensais pas que Charles pût avoir pareille somme devant lui. Mais il sortit quelques billets de sa poche et les jeta sur le reste de l'argent en proclamant : « Voilà tout ce que j'ai, milord ! Et, à présent, plus rien dans les mains, plus rien dans les poches ! »

Peregrine observa une courte pause, avant d'ajouter :

— A ce moment-là, je crois que tout le monde comprit que Charles était soûl. En tout cas, il n'y eut bientôt plus de doutes pour personne, car

Charles s'effondra sur sa chaise et ferma les yeux.

— Que s'est-il passé... ensuite ?

— Le marquis ramassa ce qu'il avait gagné et, posément, d'une façon qui me parut recueillie, compta les billets à ordre et les souverains avant de déclarer : « Le compte y est ! Je dois donc, sir Charles, vous remercier pour cette excellente partie. » Charles se ressaisit à ces mots et, faisant effort, je le savais, pour paraître indifférent, répondit : « Je me suis... moi-même... bien... diverti... milord ! » Le marquis leva les yeux et j'eus l'impression qu'il savait que Charles jouait la comédie. Il parut nous examiner tous les deux, d'une façon impitoyable qui me déplut tout de suite, puis il dit : « Je me sens dans l'obligation de vous donner une chance de prendre votre revanche. Pourquoi ne viendriez-vous pas tous les deux loger chez moi pour le derby ? »

Peregrine marqua une pause et ajouta ensuite :

— Charles était aussi étonné que moi mais, avant que j'aie pu ouvrir la bouche, il répondit en balbutiant : « C'est très aimable... à Votre Seigneurie... et ce sera... un grand... plaisir pour moi... d'être votre invité. » « Et vous ? me demanda le marquis en me regardant, je ne suis pas certain de bien connaître votre nom. » « Je m'appelle Standish, milord ! Peregrine Standish ! » lui ai-je répondu. « J'aimerais que vous veniez avec Waddesdon, proposa le marquis, et puisqu'il s'agit d'une partie de campagne... mixte, je suggère à chacun de vous de se faire accompagner par une... tendre amie, si ce n'est pas trop pompeusement nommer le genre d'invitée auquel je pense. Vous devez bien avoir parmi vos connaissances quelque belle de nuit ? »

— Que voulait-il dire ? demanda Neoma.

— C'est ce que je me suis demandé un instant, répondit Peregrine. Mais sans me laisser le temps de répondre, le marquis se leva en disant : « Je vous attendrai tous les deux au château de Syth après-demain, vers 17 heures. Vous viendrez, je l'espère, en compagnie des troublantes ensorceleuses qui pimenteront sans aucun doute la solennité de la course ! » Puis il s'éclipsa.

— Je ne... comprends pas, commença Neoma, mais Peregrine l'interrompit :

— Tu ne sais pas encore tout.

— Que s'est-il passé d'autre ?

— Charles avait repris ses esprits et se sentit extrêmement flatté de cette invitation à séjourner chez un personnage aussi important que le marquis de Rosyth. Cependant, si son cerveau pouvait comprendre, son pas était mal assuré. Je l'ai aidé à descendre et nous avons hélé une voiture de louage pour rentrer chez lui. Une fois dans sa chambre, il s'est assis sur son lit et m'a déclaré : « Mon Dieu ! Peregrine ! j'ai tellement mal à la tête ! » « Tu ne l'as pas volé ! lui ai-je répondu. Si tu n'avais pas été aussi crétin, tu aurais pu repartir avec huit mille livres au moins. » Charles me demanda d'un ton abasourdi : « Ai-je vraiment gagné une somme pareille ? » « Au moins huit mille livres, répliquai-je. Je suis sûr qu'à un moment tu disposais d'une somme plus importante encore ! » « Pourquoi ne t'ai-je pas écouté ? » gémit-il. « Parce que tu étais ivre mort, répondis-je, mais je dois être honnête et reconnaître que jamais tu n'aurais joué, si tu n'avais été sous l'emprise de la boisson. »

Après une courte pause, Peregrine poursuivit :

— J'étais décidé à lui faire des remontrances mais, je ne sais pourquoi, je ne pouvais m'y résoudre. Tu connais Charles ! Il s'est contenté de se prendre la tête à deux mains et de pousser des gémissements. Je savais qu'il se traitait d'écervelé et qu'il pensait à ces huit mille livres qui auraient changé tant de choses dans nos existences.

— Enfin ! Du moins n'y a-t-il pas trop de mal ! conclut Neoma.

Elle se rappelait à quel point elle avait été inquiète et angoissée au début du récit de Peregrine.

— Je n'ai pas fini ! répliqua son frère.

— Je suis désolée, mon chéri, s'excusa Neoma. Continue !

— Je fis remarquer à Charles, poursuivit Peregrine, que la seule bonne chose dans toute cette affaire était qu'il avait eu assez d'argent pour payer le marquis car, l'espace d'un terrible moment, jusqu'à ce qu'il sorte des billets de sa poche, j'avais cru qu'il lui manquerait presque deux mille livres. « Je n'avais pas une telle somme sur moi, me répondit Charles dans un murmure, juste ce qui me restait pour vivre jusqu'au prochain trimestre. » « C'est bien ce que je pensais, lui avouai-je. Enfin ! j'imagine que les choses auraient pu être pires ! » affirmai-je en guise de conclusion. Charles resta longtemps sans rien dire, puis s'exclama soudain : « Peregrine ! je viens d'avoir une pensée épouvantable ! » « Laquelle ? » lui demandai-je. Il se mit à fouiller les poches de sa veste, puis sortit son mouchoir, quelques cartes de visite et une tabatière qu'il garde sur lui mais dont il ne se sert jamais. Comme tu le sais, ni Charles ni moi n'aimons priser.

— Que cherchait-il ? demanda Neoma.

— Pendant un bon moment je n'ai pas compris de quoi il s'agissait, répondit Peregrine. Puis, quand Charles me regarda, les mots devinrent inutiles.

— Pourquoi ? questionna Neoma, perplexe.

— Il retira lentement de la poche de son gilet les billets à ordre que je lui avais remis au cours de notre partie de piquet ! répondit Peregrine d'un ton dramatique. Il n'y en avait que deux et je me souvenais en avoir rempli un troisième, juste avant que le domestique ne vienne interrompre notre partie !

Neoma retint sa respiration et se prépara au choc.

— C'était un billet de deux mille livres ! lui assena Peregrine d'une voix qui tremblait.

— Tu veux dire... que Charles... l'a donné... au marquis ?

— C'est cela même ! Il ne l'avait pas mis avec les autres dans la poche de son gilet, mais avec son argent dans la poche de son pantalon. Voilà pourquoi le marquis avait reconnu que la somme reçue correspondait bien à ce que Charles lui devait.

— Oh !... Peregrine !

L'exclamation de Neoma fut un cri d'indicible horreur. Ensuite, avant que son frère ait pu ouvrir la bouche, elle suggéra :

— Mais cela ne devrait pas poser de problème ! Il te suffit d'aller trouver le marquis et de lui expliquer qu'il s'agit d'une erreur.

— Il ne s'en attendra pas moins à ce que Charles règle sa dette.

Neoma eût aimé répondre que c'était là le problème de Charles, mais elle comprit qu'elle ne pouvait le faire.

Charles se trouvait dans le même état d'impécuniosité qu'eux et elle savait, par ailleurs, que les dettes de jeu étaient des dettes d'honneur.

Son père ne lui avait que trop parlé des tragédies occasionnées par des pertes au jeu, des familles précipitées du jour au lendemain dans la misère. Pour un gentleman, de telles pertes étaient irrémédiables et Neoma n'ignorait pas que, s'il y avait des problèmes au sujet du règlement, le débiteur était obligé de démissionner de son club.

Néanmoins, bouleversée comme elle l'était par la

nouvelle que venait de lui apprendre Peregrine, elle ajouta :

— Charles se rend sûrement compte que... qu'il est responsable ?

— Naturellement ! répondit Peregrine. Mais tu sais que, comme moi, il n'est pas en mesure de trouver deux mille livres !

— Va-t-il essayer ?

— J'ai une meilleure idée.

— Laquelle ?

— Nous sommes restés debout toute la nuit à en discuter et je peux t'assurer, répondit son frère, que Charles s'est très vite dégrisé quand il a compris ce qu'il avait fait.

— J'étais inquiète, je me demandais ce qui t'était arrivé, lui reprocha Neoma d'une voix douce.

— Je me suis moi-même fait beaucoup de souci, répliqua Peregrine d'un ton amer. Il ne me reste qu'un espoir.

— Lequel ?

— Que le marquis ne me réclame pas l'argent avant la fin de la traditionnelle semaine de grâce.

— Une semaine !

— On en accorde parfois deux.

— En accorderait-on neuf cent quatre-vingt-dix-neuf, cela ne changerait rien à l'affaire ! s'exclama Neoma. Tu sais très bien que tu ne peux pas trouver deux mille livres !

— Je le sais, répliqua son frère. Aussi, écoute ce que j'essaie de te dire, Neoma.

— Ne te fâche pas, mon chéri, mais, comme de juste, je suis bouleversée.

— Tu dois bien comprendre que je ne saute pas de joie ! Quant à Charles, il est tout à fait désespéré. Il a des dettes et il y a belle lurette qu'il a vendu tout ce qui pouvait se vendre dans sa maison.

Neoma savait que c'était la vérité, mais cela n'arrangeait pas les choses. Aussi s'efforça-t-elle de demander avec calme :

— Quelle est ton idée, mon chéri ? Raconte-moi tout.

— Charles et moi avons décidé, répondit Peregrine, que, d'une façon ou d'une autre, nous devions reprendre ce billet à ordre.

— Le voler ? s'écria Neoma.

Elle avait parlé si fort que sa voix semblait faire écho dans la petite pièce.

— A présent écoute-moi ! lança Peregrine. Avant de faire une crise de nerfs, laisse-moi te parler du marquis.

— Je... t'écoute.

Sur ce, elle serra les poings pour s'empêcher d'en dire bien davantage.

— Il est impitoyable, cruel, et personne ne l'aime, commença Peregrine. Tout le monde sait qu'il adore gagner aux cartes et qu'il se moque éperdument des perdants.

Neoma s'apprêtait à dire que ce n'était pas une excuse suffisante pour voler, mais elle parvint à garder le silence, cependant que Peregrine poursuivait :

— Tout Londres s'accorde à dire que le marquis est l'homme le plus impopulaire du *White's*, pour la bonne raison qu'il n'a jamais une parole aimable pour qui que ce soit. De plus, comme il a aux cartes une chance de tous les diables, beaucoup de gens ont perdu des fortunes entières en jouant contre lui.

— Pourquoi est-il aussi désagréable ?

— Ce n'est pas exactement qu'il soit désagréable, répondit Peregrine. Il n'élève jamais la voix et tous lui reconnaissent une grande courtoisie. Mais simplement il traverse la vie en écrasant tout sur son passage, absolument indifférent aux sentiments des autres.

Peregrine émit un petit rire dépourvu de tout humour et poursuivit :

— Et pourquoi ferait-il attention aux autres ? C'est un personnage très important et excessivement riche. Il possède les demeures les plus fabuleuses et ses chevaux sont gagnants dans toutes les courses classiques.

— Mais bien sûr ! Voilà pourquoi je connaissais son nom ! s'exclama Neoma. Quand Charles et toi prétendiez être propriétaires de chevaux, je me souviens vous avoir entendu dire que vos imaginaires chevaux avaient battu ceux du marquis de Rosyth !

— Je suppose qu'il a gagné presque chaque course importante, expliqua Peregrine, et cela n'incite guère les gens à l'aimer.

— Je crois qu'ils sont jaloux.

— Je ne suis pas jaloux, mais je le hais !

Neoma attendait les explications de son frère qui poursuivit :

— Il a trop d'expérience pour ne pas avoir vu que Charles était ivre et, en y repensant, je me rends compte qu'il l'a poussé à poursuivre le jeu et, surtout vers la fin, à miser des sommes de plus en plus fortes.

— Crois-tu vraiment que le marquis savait que Charles n'était pas dans son état normal ? demanda Neoma.

— Evidemment qu'il le savait ! répondit Peregrine. Il aurait fallu être aveugle et sourd pour ne pas comprendre que j'essayais de persuader Charles de quitter la table.

— Dans ce cas, je suis d'accord avec toi, il est méprisable.

— Je pensais bien que tu en arriverais à cette

conclusion, reconnut Peregrine, et c'est la raison pour laquelle tu dois nous aider.

— Moi ?... Vous aider ? souffla Neoma. Mais... comment ?

Peregrine changea de siège pour se rapprocher de sa sœur et il lui confia :

— Je savais que tu serais scandalisée par notre idée de reprendre le billet à ordre au marquis. J'ai dit à Charles : « Neoma n'aimera pas cela ! »

— Evidemment, je n'aime pas cela ! s'écria Neoma. C'est une chose, Peregrine, que tu ne dois pas faire. Comment pourrais-tu, toi, surtout toi, voler ?

— Il le faut ! Je dois absolument récupérer ce billet à ordre. Il n'y a pas d'autre solution. En effet, il est inutile de prétendre, même une seconde, que Charles ou moi puissions jamais arriver à le payer.

— Quand le marquis s'apercevra de la disparition du billet, ne vous soupçonnera-t-il pas ?

— Même s'il le fait, comment osera-t-il nous accuser sous son toit, si nous sommes ses hôtes ? demanda Peregrine.

Neoma ouvrait la bouche pour faire remarquer que, si le marquis était aussi impitoyable que le prétendait son frère, il ne se gênerait sans doute pas pour les accuser, ni même les traîner devant les tribunaux ; mais elle jugea préférable de garder le silence et Peregrine poursuivit :

— Je t'ai dit que le marquis nous a invités à séjourner chez lui et que nous avons accepté. Il s'attend également à nous voir arriver à Syth accompagnés chacun d'une femme. Cela ne pose aucun problème pour Charles. Il peut amener Avril.

— Qui est Avril ?

— Une actrice dont il est épris. Elle a pour Charles une affection sincère et fera tout ce qu'il lui demandera. Mais je ne connais personne que je puisse emmener... à part toi !

Neoma blêmit et Peregrine se hâta d'enchaîner :

— Je sais que ce n'est pas le genre d'assemblée où tu seras à ta place mais, même si je connaissais une femme, je n'aurais pas les moyens de la payer.

— La payer ? répéta Neoma d'une voix stupéfaite. Pourquoi te faudrait-il rétribuer quelqu'un pour t'accompagner à une réception ?

Peregrine détourna les yeux et elle eut le sentiment qu'il ne lui dirait pas la vérité.

— Je n'ai pas besoin de répondre à cette question, affirma-t-il au bout d'un moment, pour la simple raison qu'il faut absolument que tu viennes avec moi. Tu es astucieuse, Neoma, et peut-être trouveras-tu l'occasion de récupérer le billet à ordre, quand Charles et moi en serions incapables.

— Si tu crois que je vais voler pour toi, explosa Neoma, tu te trompes lourdement ! Je ne crois pas que ce soit la seule issue à votre situation.

— Très bien ! convint Peregrine. Trouve-m'en une autre ! Charles et moi n'avons pas dormi de la nuit afin de trouver une solution de rechange !

Neoma se tut. Elle savait que la seule véritable solution était de payer. Mais comment faire ?

Il lui sembla, en y réfléchissant, que ce morceau de papier portant la signature de Peregrine prenait des proportions alarmantes.

— Supposons... que le marquis... te surprenne... en train de voler... chez lui ? finit-elle par demander d'une voix faible. Qu'arriverait-il ensuite... d'après toi ?

— Il y a une dernière solution, affirma Peregrine. Je suis étonné que tu n'y aies pas pensé.

— Laquelle ? demanda Neoma.

— Nous pourrions essayer de trouver un acquéreur pour le manoir, ou nous contenter de le céder au marquis en guise de paiement.

— Vendre... le manoir ?

La voix de Neoma n'était plus qu'un murmure.

— Dans son état actuel, je doute qu'il vaille deux mille livres.

— Bien sûr qu'il les vaut ! Et beaucoup plus encore ! s'écria-t-elle avec indignation.

— Je vais te dire une chose, proposa Peregrine. Tu dois me jurer de n'en parler à personne.

— Cela va de soi.

— Charles a essayé de vendre sa propriété quand nous avons décidé de venir habiter à Londres. Il pensait qu'il serait plus amusant d'être convenablement logés, quitte même à acheter une petite maison.

— Que s'est-il passé ? demanda Neoma qui connaissait déjà la réponse.

— Il n'a pas trouvé un seul acheteur. En ce moment, personne ne veut d'une maison délabrée à la campagne et tu sais aussi bien que moi que les fermes abandonnées pullulent sur le marché.

C'était la vérité et Neoma le savait.

Les agriculteurs, portés aux nues pendant la guerre, à une époque où leur production était indispensable (puisque c'était celle du blocus de l'Angleterre par Napoléon) faisaient faillite à présent les uns après les autres.

Les banques leur refusaient tout crédit. Le gouvernement ignorait leurs appels à l'aide et on importait du continent des produits à un coût bien plus avantageux.

Neoma savait que dans deux petites fermes sur leurs propres terres les métayers n'arrivaient à subsister qu'en mettant à contribution tous les membres de leur famille.

Cela lui briserait le cœur de voir vendre le manoir qui appartenait à la famille Standish depuis plus de trois siècles et d'ailleurs — comme l'avait prouvé la tentative de Charles — il ne trouverait certainement pas d'acquéreur.

Peregrine, qui avait observé sa sœur, conclut :

— Tu vois bien qu'il n'y a rien d'autre à faire. J'estime que nous disposons exactement d'une semaine pour récupérer ce billet à ordre.

— La seule chose que tu aies à faire, lança Neoma d'une voix ferme, c'est d'aller trouver le marquis et de lui avouer la vérité.

— Et laisser Charles trouver deux mille livres ? demanda Peregrine. Il sera obligé de démissionner du *White's* et on peut se demander si après cela un seul de ses amis lui adressera à nouveau la parole.

La voix de Peregrine s'éteignit un instant, puis il reprit, d'un ton chargé de colère :

— Je peux t'assurer d'une chose, Neoma : je suis prêt à voler et à commettre tous les autres crimes du répertoire, mais je ne laisserai pas tomber mon meilleur ami.

— Non..., mon chéri, je comprends, concéda-t-elle. Mais je pense à ce que dirait... maman... et à quel point papa serait... horrifié.

— Si notre père n'avait pas fait d'aussi mauvais investissements avec notre argent, répliqua Peregrine, je ne serais pas dans la situation où je me trouve en ce moment.

Neoma l'avait déjà entendu parler ainsi. Cela lui faisait mal d'entendre dénigrer ainsi son père, mais il lui fallait bien admettre que ce dernier n'avait guère été avisé au sujet des questions d'argent.

Il était d'un naturel trop confiant et, par ailleurs, trop absorbé par ses chevaux et ses chiens pour s'intéresser aux fluctuations du marché financier. Et, un jour, il se rendit compte que sa petite fortune s'était presque entièrement volatilisée.

Peregrine se pencha en avant pour poser une main sur l'épaule de sa sœur.

— Je te supplie de m'aider, Neoma. Tu ne m'as jamais laissé tomber jusqu'à maintenant et je ne peux croire que tu le fasses dans les circonstances présentes.

Après ce discours et devant ce regard suppliant, Neoma comprit qu'elle serait bien incapable de lui refuser quoi que ce fût.

Depuis sa prime enfance, elle avait toujours adoré son frère. Il n'y avait qu'un an de différence entre eux, aussi étaient-ils si proches l'un de l'autre que Neoma se surprenait parfois à penser qu'ils auraient pu être des jumeaux.

La jeune fille avait toujours eu beaucoup de sens pratique, alors que Peregrine était plutôt insouciant et imprudent ; aussi n'avait-elle cessé, depuis la mort de ses parents, de l'aider et de le guider, de s'occuper de lui et aussi de le protéger, bien qu'elle fût sa cadette.

Elle savait à présent que si, blâmable, si odieux que soit le plan de Peregrine, elle devait, soit l'aider, soit trouver une autre solution. Aussi lui déclara-t-elle :

— Tu sais bien que je t'aiderai, mon chéri. En même temps, toute cette machination me fait... horreur !

— Elle m'horrifie également, avoua Peregrine, mais que faire d'autre ? Charles est tellement honteux qu'il ne veut même pas nous rendre visite.

— Je comprends fort bien ses sentiments ! répliqua Neoma. Peut-être boira-t-il moins à l'avenir !... Depuis un certain temps déjà, je me dis que Charles et toi vous buvez trop !

— Ivre ou à jeun, Charles a envie de se jeter par la

fenêtre à la pensée qu'il aurait pu quitter la table de jeu avec huit mille livres en poche !

— Il ne sert à rien d'y penser, répliqua Neoma. Mais tu n'es pas vraiment sérieux quand tu dis vouloir que je t'accompagne chez le marquis ?

— Parfaitement sérieux ! répondit Peregrine. Tu n'as qu'à prétendre être comme Avril et les autres femmes qui seront là.

— Si Avril est une actrice, comment puis-je prétendre être montée sur les planches, alors que je n'y connais rien ? s'enquit Neoma.

Peregrine paraissait mal à l'aise.

— Tu n'es pas obligée de dire que tu es actrice, répondit-il. Il te suffit de ressembler à Avril.

— Je... ne... comprends pas.

Peregrine se leva et gagna la fenêtre pour contempler le pommier sauvage. Au bout d'un moment, il reprit :

— Sans doute pourrais-je y aller sans toi, Neoma, mais j'ai vraiment besoin de toi et j'ai l'impression que tu te débrouilleras pour dénicher ce maudit billet à ordre si je n'y arrive pas.

— Ne jure pas, mon chéri, fit remarquer machinalement Neoma. Je t'ai promis que je viendrai. Le seul problème sera de me faire passer pour quelqu'un d'autre. Ce sera très difficile, il faudra que tu m'expliques exactement de quoi je dois avoir l'air.

— Charles et moi sommes tout à fait certains que personne ne te remarquera, avança Peregrine. Rappelle-toi simplement que tu n'es pas invitée comme ma sœur, mais comme ma petite amie. Le marquis lui-même aura certainement une compagne. Charles dit que ses soirées sont fameuses.

— Fameuses ? A quel titre ? demanda Neoma.

Peregrine s'abstint de répondre et, au bout d'un moment, Neoma lui avoua, l'air perplexe :

— Je n'arrive pas à comprendre... pourquoi le marquis... te demande d'amener une amie avec toi. Il connaît sûrement assez de femmes qu'il pourrait recevoir ?

— Il ne s'agit pas de ce genre de réception, répondit Peregrine d'un ton irrité. Essaie de comprendre, Neoma, que les invitées féminines seront des actrices ou des femmes de cet acabit. Il n'y aura pas de chaperon et l'atmosphère sera très détendue et très libre.

— Je crois comprendre, déclara Neoma, mais j'ai le sentiment que je ne serai pas... à ma place.

— Bien sûr que tu n'y seras pas, reconnut Peregrine, mais, à part nous, personne ne s'en apercevra. Il te suffira de rester à mes côtés et de parler le moins possible. Personne ne fera attention à toi, le marquis moins qu'un autre.

— Pourquoi dire cela ? demanda Neoma, piquée au vif.

— Parce que nul n'ignore que le marquis ne s'intéresse qu'aux... « hétaïres de haut vol » les plus en vue à Londres.

Peregrine ne s'était pas retourné et Neoma fixait son dos avec des yeux pleins de perplexité.

— Veux-tu dire qu'il s'agit... d'actrices célèbres ?

— En quelque sorte.

— Ce serait amusant de rencontrer chez lui Maria Foote ou Kitty Stephens, rêva Neoma. Je me suis souvent demandé de quoi elles avaient l'air en dehors de la scène. (Elle poussa un petit soupir.) Bien sûr, je ne suis jamais allée au théâtre. Bien que tu m'aies promis de m'y emmener...

— Je t'y emmènerai si nous rentrons de Syth avec le billet à ordre.

— Est-ce ainsi que s'appelle le domaine du marquis ?

— Bien évidemment ! répondit Peregrine. Vraiment, Neoma, tu devrais savoir que Syth est un des plus grands châteaux d'Angleterre.

— Je suis désolée, Peregrine, mais je n'ai jamais rien lu à son sujet.

— Eh bien, tu le verras par toi-même ! conclut Peregrine. C'est tellement somptueux que le régent devient vert de jalousie chaque fois qu'il y séjourne.

— Dans ce cas, cette visite du château de Syth sera tout à fait passionnante, en dehors du fait que je me sentirai très déplacée au milieu d'une telle magnificence.

Soudain elle poussa un cri.

— Que se passe-t-il ? demanda Peregrine en se retournant.

— Je viens juste d'y penser, Peregrine, répondit Neoma. Comment pourrais-je t'accompagner ? Je n'ai aucune toilette élégante.

— Tu es très bien comme tu es, répondit Peregrine. Comme je te l'ai déjà dit, personne ne fera attention à toi. Mais tu pourrais te bichonner un peu et, naturellement, te mettre un peu de rouge aux lèvres.

Neoma le regarda, les yeux écarquillés, avant de dire :

— Est-ce l'usage chez les actrices qui ont l'habitude de se maquiller pour la scène ?

— Dans le « beau monde », les fards sont d'un emploi courant, répondit Peregrine. Ne le savais-tu pas ?

— Je n'y ai jamais pensé, répliqua Neoma. A la maison, je n'ai jamais eu à retoucher mon visage. Par ailleurs, depuis que je suis à Londres, je n'ai fréquenté personne, si ce n'est Charles et toi.

— Nous achèterons le nécessaire, concéda Peregrine d'un air absent. Mais maman avait sûrement ce qui convient. Je sais par exemple qu'elle avait l'habitude de se servir de poudre de riz.

Tout en parlant, il se disait que c'était bien là Neoma, toujours dans les nuages, sans la moindre coquetterie et ignorant tout des habitudes des gens à la mode.

Il oubliait que, depuis la mort de leurs parents, tués dans un accident de cheval, Neoma, hormis sa propre compagnie, avait vécu seule au manoir.

En venant s'installer à Londres, il savait qu'il n'était pas suffisamment riche pour la présenter elle aussi dans le monde et, d'ailleurs, il ne connaissait personne susceptible de servir de chaperon à sa sœur.

N'étant pas complètement égoïste, Peregrine se disait, *in petto*, qu'une fois lui-même établi à Londres, il s'occuperait de Neoma et, notamment, de lui trouver des compagnes.

Mais depuis trois mois qu'ils habitaient la petite maison de Chelsea, Peregrine en était encore à faire surface, toujours attentif à se trouver de nouveaux amis et reconnaissant à ceux-ci de le recevoir chez eux.

Ce n'était sûrement pas le moment de présenter une sœur — fût-elle aussi séduisante que Neoma.

Peregrine la regarda, comme s'il la voyait pour la première fois, et il se dit qu'elle était ravissante, tout à fait ravissante. D'ailleurs, le mois dernier, Charles lui avait confié :

— Tu sais, Peregrine, Neoma embellit chaque jour. Bientôt, on va découvrir une déesse !

Peregrine en avait ri comme d'une idée extravagante, mais il n'était plus aussi sarcastique à présent.

Depuis leur arrivée à Londres, il avait eu l'occasion de rencontrer un certain nombre de femmes séduisantes et il reconnaissait aujourd'hui que Neoma, convenablement habillée et les cheveux coiffés à la mode, pourrait soutenir la comparaison à son avantage.

— Voici ce que nous allons faire, Neoma, proposa-t-il. Je vais te donner deux guinées — je ne peux me permettre de dépenser davantage — pour que tu puisses te faire une beauté.

— Je ferai de mon mieux ! s'exclama Neoma. Je ne veux pas te faire honte.

Elle prit les deux guinées qu'il lui tendait et ajouta :

— Je sais que tu n'en as pas les moyens, Peregrine, aussi dépenserai-je le moins possible. J'achèterai quelques rubans neufs pour remettre mes robes au goût du jour et, bien sûr, du rouge à lèvres. Il y en avait peut-être dans les affaires de maman, mais je n'ai pas apporté grand-chose à Londres.

— Nous n'avons vraiment pas les moyens de louer un attelage pour aller les chercher à la maison ! plaisanta Peregrine.

Neoma poussa un petit soupir.

— Si seulement nous le pouvions ! Ce serait tellement agréable de revoir le jardin quand les lilas sont en fleur ! Comme chaque année, les oiseaux feront leurs nids dans les mêmes buissons et dans les branches des mêmes arbres. De plus, je suis sûre que les cerfs de la forêt s'ennuient de moi.

— Ils seront toujours là quand nous retournerons au manoir, répondit laconiquement Peregrine. Pour l'instant, Neoma, applique-toi à être prête pour après-demain.

— As-tu dit que nous assisterions au derby ?

— C'est la raison d'être de notre invitation. Syth n'est qu'à une quinzaine de kilomètres de Londres et à huit de la colline d'Epsom.

— J'ai toujours rêvé d'assister au derby, confessa Neoma, et d'après toi, le marquis en sortira vainqueur ?

— Son cheval, *Diamant*, est favori et le marquis a toujours de la chance dans toutes ses entreprises. Il gagnera la course, c'est sûr !

— Je n'aime pas cette pointe de jalousie dans le ton de ta voix, avoua Neoma. Tu sais que nous nous sommes toujours promis de n'envier ni de jalouser qui que ce soit. L'envie est un horrible venin qui empoisonne le sang de ceux qui la ressentent.

Peregrine entoura de son bras les épaules de sa sœur.

— Ne t'inquiète pas, déclara-t-il, mais j'avoue, Neoma, que je suis jaloux quand je vois la façon dont d'autres, de mon âge, jettent leur argent par les fenêtres et quand je sais qu'ils sont riches à millions.

— C'est dur à admettre, reconnut Neoma, mais toi, tu jouis d'une bonne santé, tu es fort et, je le pense, tu possèdes, bien cachée quelque part, une grande intelligence !

Peregrine se mit à rire et attira sa sœur plus près de lui.

— Tu finis toujours par me persuader que les choses ne vont pas aussi mal qu'on pourrait le croire, déclara Peregrine. Mais, très sincèrement, Neoma, cette fois-ci, nous sommes dans un sacré pétrin !

— Je le sais, mon chéri, admit Neoma, et nous devons nous efforcer d'en sortir même si, pour le moment, je ne vois pas comment.

Elle fit une pause et ajouta d'une voix grave :

— Je prierai... je prierai très fort, Peregrine, pour que nous trouvions une autre solution. Peut-être... maman... m'aidera-t-elle à la trouver.

Il y eut un moment de silence. Peregrine déclara ensuite :

— Il n'y en a pas deux comme toi, Neoma, et je te suis reconnaissant. Tu le sais.

— Je le sais, mon chéri, et nous ne devons pas

désespérer, affirma Neoma. Mais j'avoue que je suis un peu... effrayée... de ce que nous allons devoir faire.

Tout en parlant, elle avait conscience d'avoir peur, très peur, mais, comme l'avait demandé Peregrine, quelle était donc l'alternative ?

Elle devait absolument l'aider !

2

— Comment me trouves-tu ? demanda Neoma, quand Peregrine entra dans la pièce lui annoncer que la voiture attendait pour les emmener à Syth.

— Très bien, répondit-il, sans même lui accorder un regard.

Elle était habituée au manque d'intérêt de Peregrine, soucieux de sa seule apparence. Mais aujourd'hui, où elle souhaitait tellement ressembler à l'image qu'il attendait d'elle, Neoma eût espéré plus d'attention de sa part.

Elle avait fait toutes les boutiques de son quartier à la recherche de rubans bon marché, car elle était convaincue que les prix pratiqués à Bond Street étaient excessifs.

Elle avait réussi à en dénicher de deux coloris. L'un couleur argent, pour le soir, l'autre d'un très joli ton de rose qui, à son avis, donnait beaucoup de chic à sa robe blanche.

Elle pensait avec désespoir que tout aurait été plus simple si la mode était restée ce qu'elle était au début du siècle, quand toutes les femmes élégantes — elle l'avait appris en lisant *The Ladies' Journal* — portaient de la mousseline blanche unie.

Certes, il fallait bien admettre que, pour être tout à fait dans la note, les femmes ne portaient rien, ou presque, dessous, de sorte qu'elles étaient souvent indécentes au plus haut point. En revanche, une pareille mode était très facile à copier.

Depuis les revers de fortune de son père, Neoma confectionnait toutes ses robes et était devenue une couturière accomplie.

— Personne ne sait coudre aussi bien que toi, ma chérie, lui avait répété sa mère à maintes reprises.

Quand il devint de plus en plus difficile de trouver de l'argent pour autre chose que la nourriture, Neoma fut heureuse de rafraîchir les robes de sa mère, tirant parti en outre de tout ce qu'elle découvrait dans la maison.

Pendant la guerre, quand on trouvait une pièce de tissu, mieux valait l'acquérir sans tarder. C'est ainsi que lady Lionel avait acheté plusieurs métrages d'une jolie mousseline, brodée de branchages, et d'autres encore d'une qualité supérieure qui convenait parfaitement à des robes du soir.

Neoma tenait à être élégante lorsque Peregrine était à la maison, aussi s'était-elle confectionné deux jolies toilettes pour les soirs où ils dînaient ensemble. A présent, elle espérait — mais sans conviction — qu'à Syth ces robes n'auraient pas l'air trop démodées.

Elle s'était donné du mal pour copier des croquis parus dans *The Ladies' Journal* qui ne publiait d'ordinaire que les robes les plus sophistiquées portées lors de bals à la cour ou des créations venues de Paris.

Cependant, grâce à son imagination, Neoma réussit à adapter ces toilettes à sa convenance et elle estimait, sans vanité, que les résultats étaient tout à fait honorables.

Elle avait longuement hésité sur la toilette qu'elle porterait pour son arrivée à Syth, car son père avait souvent insisté sur l'importance de la première impression.

Il ne parlait pas des vêtements en particulier, mais Neoma estimait qu'elle se devait de ne pas décevoir Peregrine. Il ne fallait pas laisser ses amis penser que la seule femme qu'il avait pu emmener avec lui était une petite provinciale sans trace aucune de raffinement londonien.

Aussi orna-t-elle sa plus belle robe d'après-midi avec des rubans roses. Elle en mit également sur son chapeau qui, elle le savait, n'était plus tout à fait à la mode, mais restait du moins le plus seyant qu'elle possédait.

Elle se regarda avec inquiétude dans le miroir et, comme elle était très modeste, elle ne s'avoua pas qu'elle était tout à fait ravissante.

Son père avait le teint mat, celui de sa mère était clair et celui de Neoma était un compromis entre les deux.

Elle-même restait persuadée que ses cheveux étaient plutôt banals mais, en réalité, elle possédait une chevelure dorée d'un ton pastel exceptionnellement doux et qui, sous le soleil, prenait des reflets feuille-morte.

Personne ne pouvait la voir sans être frappé par ses yeux immenses et par la pureté limpide de leur regard.

Elle ignorait que son père avait déclaré un jour à sa mère :

— Pour ce qui est de Neoma, une chose est certaine : elle ne pourra jamais mentir ni tromper car, si un jour elle commettait une action aussi contraire à sa nature, le premier venu s'en apercevrait tout de suite, simplement en regardant ses yeux.

Sa mère s'était mise à rire.

— C'est bien vrai ! Et mon seul espoir est qu'elle

rencontre un jour un homme capable d'apprécier une qualité aussi singulière chez une femme.

— A sa façon, elle est aussi gentille et aussi bonne que tu l'es toi-même, avait répondu le colonel Standish.

Puis ils s'étaient regardés en souriant, heureux, et l'image de leur fille s'était estompée.

Enfant, Neoma était jolie, et était bientôt devenue une beauté, même si son frère n'en avait pas conscience. Cette beauté la rendait à maints égards différente des filles de sa génération.

Elle avait des traits fins, classiques, dans un visage ovale, mais, comme elle était réservée et ne cherchait jamais à se faire remarquer, elle passait facilement inaperçue, alors que d'autres beautés, plus exubérantes, retenaient les regards.

A présent, les joues rosies de nervosité et, sur les conseils réitérés de Peregrine, les lèvres soulignées de rouge, elle était tout à fait adorable.

Aussi quand sir Charles Waddesdon pénétra dans le vestibule, il s'exclama :

— Dieu, Neoma ! Maintenant que te voilà sur ton trente-et-un, j'ai peine à te reconnaître !

— Merci, Charles, répondit Neoma, et on vit apparaître une fossette de chaque côté de sa bouche.

— Je voulais te faire un compliment, répliqua promptement Charles.

— Tu m'as dit exactement ce que je souhaitais entendre, répondit Neoma. Peregrine t'a-t-il appris le nom que j'ai choisi ?

— Seigneur ! j'avais oublié ce détail ! s'exclama Charles. Pour l'amour de Dieu, Neoma, ne révèle à personne, surtout pas au marquis, que tu es la sœur de Peregrine.

Il remarqua l'air étonné de Neoma et expliqua :

— Je peux t'assurer que Peregrine se ferait blâmer

en des termes on ne peut plus clairs pour t'avoir amenée à une de ces soirées si peu recommandables de Sa Seigneurie.

— Peregrine m'a déjà dit... que je ne devrais pas... aller à Syth, répondit Neoma avec une certaine gêne, mais il a insisté pour que je vienne à son secours.

— Oui, je sais, et c'est rudement chic à toi de le faire, reconnut Charles. Pourtant, en te voyant, je sens que nous devrions changer d'idée.

— Oh ! pour l'amour du ciel, Charles ! lança Peregrine d'une voix irritée, ne commence pas à bouleverser nos plans à la dernière minute. Tu sais aussi bien que moi que je ne connais personne du genre d'Avril et, d'ailleurs, nous sommes tous deux tombés d'accord pour dire que nous avions besoin de l'aide de Neoma. Elle sera peut-être en mesure d'explorer les lieux pour récupérer le billet à ordre pendant que toi et moi ferons le guet.

Si la situation n'avait pas été aussi grave, Neoma aurait, bien sûr, éclaté de rire en entendant Peregrine s'adresser ainsi à Charles : ils étaient comme deux petits garçons lancés à nouveau dans une de leurs prétendues chasses au trésor.

A ce moment-là, elle regarda son frère avec inquiétude et lui demanda :

— Tu es vraiment certain... que tu veux... que je vienne ?

— Je te l'ai déjà dit, répondit-il d'un ton bourru. Il faut absolument que tu viennes ! Il n'est plus question de se dérober à présent.

En disant ces mots, il lança un regard furieux à Charles qui s'empressa d'ajouter :

— Oui, bien sûr ! Je regrette d'avoir dit cela. C'était simplement que je trouvais Neoma trop jolie pour se trouver mêlée au genre de créatures que je m'attends à trouver à Syth.

— Nous veillerons sur elle, répondit Peregrine avec désinvolture, et moins elle parlera aux autres, mieux cela vaudra ! Je l'ai déjà prévenue de se tenir à l'écart du marquis.

— Le marquis aura beaucoup trop à faire, répliqua Charles, mais Dadchett sera là et tu sais comment il est.

— J'ai déjà demandé à Neoma, expliqua Peregrine sur le ton d'un instituteur, de ne pas s'éloigner de nous et d'éviter la gent masculine. Au fait, Neoma, si Charles te trouve jolie, il faudrait voir à y remédier !

— Je suis certaine que personne ne fera attention à moi ! s'empressa de rétorquer Neoma.

— Alors, allons-y ! Attaquons !

Mais Charles resta immobile et rappela à Neoma :

— Tu allais m'apprendre ton nouveau nom.

— Oui, c'est vrai. J'ai pensé qu'il devait être simple et facile à retenir. J'ai donc choisi « King », parce que nous habitons près de King's Road.

— Bravo ! Excellent nom de guerre ! s'exclama Charles. Neoma King ! Mais, je t'en prie, fais attention à ce que tu diras devant Avril. Elle est terriblement bavarde.

Cette remarque, on s'en doute, ne rassura pas Neoma. Mais déjà Peregrine sortait la petite malle de sa sœur pour la charger sur la voiture qui attendait.

Ils avaient eu une longue discussion sur le moyen de transport le plus convenable pour se rendre à Syth et, naturellement, Peregrine était d'avis de faire une entrée grandiose en phaéton.

Mais les phaétons ne comportaient que deux places confortables et en louer deux aurait été une dépense injustifiée.

De plus, Avril avait bien fait comprendre à Charles qu'en aucun cas elle n'accepterait de se présenter à

Syth ébouriffée ou la toilette en désordre, s'il venait à pleuvoir pendant le trajet.

Ils avaient donc opté pour une voiture fermée dans laquelle les deux jeunes femmes pourraient occuper le siège du fond tandis que Peregrine et Charles leur feraient face.

— S'il y a une chose que j'ai vraiment en horreur, se lamenta Peregrine, c'est bien d'être enfermé dans un véhicule sans pouvoir surveiller la route.

— Il t'est difficile de monter t'asseoir sur le siège avec le cocher, répliqua Charles, encore que nous ferions une entrée plus solennelle si tu te faisais passer pour un valet de pied !

Pour le punir d'une telle insolence, Peregrine lança un coussin à la figure de son ami et il fallut un bon moment avant que le calme ne revienne et que puisse être débattue à nouveau la grave question de l'arrivée.

A la vérité, tout ce qu'elle entendait dire sur Syth rendait Neoma plus nerveuse et embarrassée quant au rôle qu'elle allait devoir jouer.

Il ne faisait pas l'ombre d'un doute que sa mère aurait été horrifiée de la voir participer à une partie de campagne en compagnie de femmes qui, Neoma le savait, n'auraient pas été reçues à la maison.

Mme Standish avait toujours considéré les actrices comme des créatures inférieures et, assurément, ni elle-même ni aucune de ses amies n'auraient daigné les fréquenter.

Neoma n'avait aucune idée de ce que Peregrine avait voulu dire quand il avait ajouté « et des femmes de cet acabit », mais elle avait l'intuition que ces personnes étaient peu fréquentables et elle se sentait de plus en plus inquiète.

Sans doute serait-il très passionnant de se trouver à Syth et d'échapper, ne serait-ce qu'un moment, à l'existence solitaire qu'elle menait dans leur maison de Royal Avenue, mais Neoma aurait souhaité être invitée dans des circonstances moins délicates.

Elle n'avait pas dormi de la nuit, étendue sur son lit à se demander comment faire pour dénicher, dans une si vaste demeure, le billet signé par Peregrine.

Mais quand elle fit part de ses craintes à Peregrine, ce dernier se contenta de répondre :

— Ne t'en fais pas. Nous aviserons sur place. La plupart des hommes rangent ces documents dans leur bureau ou dans un tiroir de leur chambre.

— Me vois-tu pénétrer dans la chambre du marquis ? demanda Neoma.

— C'est tout à fait hors de question ! répliqua Peregrine. Charles ou moi devrons nous en charger. Il nous suffira de faire fonctionner notre cervelle et de nous mettre dans la tête que nous sommes des détectives, genre sergents de ville.

Avec un léger soupir, Neoma songea que cela prenait l'allure de leurs jeux d'autrefois, quand ils jouaient ensemble au gendarme et au voleur et elle eut la ferme conviction qu'ils repartiraient de Syth les mains vides. Mais il était inutile d'en parler et, quoi qu'il advienne, elle s'était engagée à aider son frère.

Quand Peregrine eut péniblement soulevé la malle de sa sœur pour la placer sur le siège à côté du cocher, il lui ouvrit la portière et Neoma monta, songeant qu'elle allait trouver Avril à l'intérieur de la voiture.

Elle entrevit un chapeau à bords relevés, garni de plumes d'autruche vert émeraude, puis une main qu'on lui tendait et, enfin, entendit une voix chaude et amicale mais indiscutablement vulgaire :

— Allô ! J'commençais à m'dire qu'vous alliez pas v'nir !

— Pardonnez-moi de vous avoir fait attendre, répondit Neoma tout en s'installant sur la banquette.

Ce faisant, elle pensait qu'Avril était assurément très jolie, mais plus époustouflante que tout ce qu'elle avait pu imaginer.

Avec des cheveux de jais, des yeux noirs étincelants bordés de longs cils, lourds de mascara, et des lèvres cramoisies, elle portait une robe de soie vert émeraude qui moulait toutes ses rondeurs et mettait en valeur le collier de diamants, assorti aux pierres rutilantes qui ornaient ses oreilles.

— Parole ! On va bien rigoler ! lança-t-elle à Neoma. J'en croyais pas mes oreilles quand Charles m'a appris qu'on était invités à Syth.

Elle eut un petit rire, avant de poursuivre :

— Si j'avais jamais cru possible qu'l'« impérieux marquis » s'dérangerait pour d'mander à la p'tite Avril de v'nir chez lui !

— L'impérieux marquis ? répéta Peregrine. Ce nom lui convient parfaitement !

— C'est comme ça qu'l'appellent les filles au théâtre, tellement il est collet monté ! répondit Avril. Des fois y passe voir Mme Vestris et y nous r'garde toutes comme si on était d'la boue sous ses bottines !

— Il ne nous traite pas autrement ! approuva Charles dans un éclat de rire.

— En tout cas, n'import' qui peut s'le prendre que c'que j'en ai à faire ! lança Avril. Qu'on m' laisse mon vieil aristo du Nord. C'est p't'être un vieux casse-pieds, mais du moins il est drôle quand il a bu du champagne et toujours si généreux... quand il a eu ce qu'il veut !

Soudain elle poussa un cri et s'exclama :

— Tu m'as donné un coup d'pied et ça fait mal !

— Je suis désolé, répondit Charles tout en regardant Peregrine.

Celui-ci s'empressa de demander à Neoma :

— J'espère que tu as pris une ombrelle ? Il fera très chaud pour aller au derby demain.

— J'y ai pensé, répondit Neoma avec un sourire, car je me suis dit que nous gagnerions le champ de courses en voiture découverte.

— Mais non ! Nous serons en carrosse ! expliqua Peregrine. On dit qu'aller au derby en carrosse constitue déjà la moitié du plaisir. Mais les routes sont terriblement encombrées.

— Je me souviens ! J'y suis allé l'an dernier ! raconta Charles. Il y a eu de nombreux accidents !

— J'espère qu'on n'en aura pas ! s'écria Avril. Une chanteuse des chœurs a été éjectée d'un phaéton par des ch'vaux emballés et s'est cassé la jambe !

— Quelle horreur ! s'exclama Neoma. Qu'est-elle devenue ?

— Elle a perdu son emploi, répondit Avril avec insouciance, et j'crois pas qu'elle avait grand-chose de côté.

— Comment a-t-elle fait ? s'enquit Neoma.

— Une chance que son ami ait craché, même en se faisant prier, puisqu'elle était « hors d'usage » pour lui !

Neoma pensa que l'ami en question devait avoir quelque chose à faire avec le théâtre, mais Charles se hâta de parler d'autre chose et elle fut dans l'impossibilité de poser de nouvelles questions.

Le trajet se révéla tout à fait amusant, car Peregrine et Charles étaient en verve et rivalisaient à qui mieux mieux pour distraire Avril.

Neoma n'aurait su dire pourquoi, mais elle avait la nette impression qu'ils ne tenaient pas du tout à laisser parler la jolie actrice. Quoi qu'il en soit, le temps passa très agréablement et, soudain, Charles s'exclama :

— Voilà les grilles ! Nous sommes arrivés !

— Ciel ! Pourquoi ne l'as-tu pas dit avant ? s'écria Avril en sortant un miroir de son petit sac.

Elle arrangea ses boucles sous sa capote puis, s'emparant d'un pot de pommade pour les lèvres, elle s'en appliqua une bonne couche, les rendant encore plus rouges qu'auparavant et, pensa Neoma en se reprochant ce jugement, encore plus vulgaires.

Toutefois, ce n'était pas Avril qui accaparait son attention, mais la propriété de Syth.

Elle avait bien remarqué les énormes grilles de fer forgé à pointes dorées, surmontées d'une couronne et flanquées de part et d'autre de très jolis pavillons.

Ils suivirent une allée bordée de chênes séculaires qui, bientôt, descendit jusqu'au fond d'une vallée. En se penchant par la fenêtre, Neoma put entrevoir, juste devant eux, un lac puis, de l'autre côté de celui-ci, se profilant sur le fond d'un parc, le plus magnifique château qu'elle ait jamais vu.

Elle avait pris la peine, malgré le peu de temps dont ils disposaient, de persuader Charles de lui parler un peu de Syth.

Charles en effet était beaucoup plus calé que Peregrine sur le chapitre architecture et, bien qu'il ne soit jamais venu à Syth, il savait que les plans en avaient été conçus par John Vanburgh et son alter ego, Nicolas Hawksmoor.

Sa mère lui avait appris beaucoup de choses sur l'architecture, aussi Neoma n'était-elle pas sans savoir qu'on devait à ces deux artistes Blenheim Palace — palais offert par la nation au duc de Marlborough victorieux — et les grands dômes de la cathédrale de Saint-Paul et de l'hôpital de Greenwich.

Elle s'attendait donc à ce que Syth soit impressionnant mais, quand elle put enfin le contempler, elle en eut le souffle coupé.

Elle n'aurait jamais imaginé qu'une résidence privée pût être aussi imposante.

Comme on pouvait s'y attendre, le corps de logis principal était coiffé d'un dôme et, de chaque côté, la demeure étendait ses ailes presque à l'infini. C'était tellement impressionnant que Neoma retint son souffle, croyant rêver.

Les chevaux les rapprochaient de cette merveilleuse demeure. Ils franchirent un pont qui enjambait le lac et se retrouvèrent dans une immense cour au fond de laquelle s'ouvrait une entrée digne du palais d'un roi.

Même Avril était impressionnée.

— Mince alors ! s'exclama-t-elle. Imaginez c'que ça doit être de vivre dans une baraque pareille ! Pas étonnant qu'le marquis soit si fier ! Mais du moins y'a de quoi l'être, collet monté !

— Surveille ton langage ! lui enjoignit Charles. Nous ne tenons pas à nous faire jeter dehors avant d'avoir assisté au derby !

— J'vais être tellement mignonne avec lui, promit Avril, que si tu deviens jaloux, il ne faudra pas m'en blâmer !

Elle lui glissa une œillade provocante par-dessous ses cils noirs et Charles lui sourit d'une façon intime qui mit Neoma mal à l'aise.

Peregrine était préoccupé par des soucis plus importants :

— As-tu assez pour régler le cocher ? demanda-t-il à Charles.

— Laisse-moi m'occuper de ça, répliqua Charles. J'ai réussi à encaisser une lettre de change postdatée et, si nous ne perdons pas aux courses, j'ai assez d'argent pour la durée de notre séjour.

— Perdre aux courses ? répéta Neoma avec un petit cri. Vous n'allez tout de même pas parier ?

Elle se rendit compte, en prononçant ces paroles,

qu'une pareille déclaration ne cadrait pas avec le rôle qu'elle était censée jouer. Avril parut surprise et mit aussitôt les choses au point :

— Ecoute-moi bien ! Occupe-toi des finances de Peregrine et laisse-moi Charles. J'sais qu'les fonds sont bas, mais ce qu'il possède est à moi et j'te dirai pourquoi quand on s'ra tout' seules !

— J'espère que tu n'en feras rien ! lança vivement Charles. Neoma ne tient pas à connaître les détails de ta vie privée.

— Pourquoi ? C'est pas un secret qu'Sa Grand' Altesse lâche pas l'pognon facilement !

A cet instant, la voiture s'immobilisa au bas de l'escalier devant l'entrée principale et Neoma oublia les paroles d'Avril, fascinée qu'elle était par l'apparition sur les marches d'une demi-douzaine de valets de pied en livrées resplendissantes. L'un d'eux vint ouvrir leur portière.

Neoma remarqua ensuite le tapis rouge et elle fut soulagée de voir Avril se précipiter la première hors de la voiture et s'élancer vers le château dans un froufrou de robe de soie, plumes au vent.

Debout, elle était beaucoup plus petite que ne s'y attendait Neoma et la pensée la frappa qu'Avril était une sorte d'oiseau des îles, éclatante de couleurs et fière de son plumage, nullement intimidée par l'opulence qui l'entourait.

Le hall était, certes, digne de la façade, avec son immense escalier à double révolution qui montait de manière imposante à l'étage, ses murs couverts de remarquables tableaux et, au pied des marches, ses délicieuses statues érigées sur des socles de marbre.

Ils suivirent, sans perdre de temps, l'impressionnant majordome qui les conduisit le long d'un vaste corridor, lui aussi décoré de statues, de tableaux et de meubles. Neoma mourait d'envie de s'arrêter pour examiner toutes ces richesses.

Elle avait parfaitement conscience que Charles et Peregrine, qui suivaient derrière, étaient tous deux muets d'admiration. Ils longèrent encore de nombreux corridors, puis on les introduisit dans une immense salle encore plus somptueuse que les autres.

Neoma entrevit des canapés et des fauteuils en bois doré recouverts de velours, quantité de hautes fenêtres dont les rideaux étaient coiffés de lambrequins dorés et une cheminée en marbre sculpté.

Ensuite, elle n'eut plus d'yeux que pour l'homme qui restait debout à parler avec plusieurs invités, aussi élégants que Peregrine ou Charles et trois femmes aussi peinturlurées et vulgaires qu'Avril.

Nul besoin de lui dire qu'il s'agissait du marquis de Rosyth, car il semblait dominer, non seulement ses invités, mais l'immense salle elle-même.

Elle n'avait jamais pensé qu'un homme pût avoir l'air aussi distingué. Bien que de haute taille, il paraissait, du fait de sa prestance et de l'aura qu'il dégageait, encore plus grand qu'il ne l'était en réalité.

Mais l'expression du visage du marquis était encore plus saisissante que tout le reste de sa personne.

La raison pour laquelle Avril l'avait appelé « l'impérieux marquis » était évidente : il avait une expression cynique et dédaigneuse, comme si nul n'était digne de sa condescendance.

Il était encore jeune et pourtant les rides de son visage auraient pu être celles d'un homme plus âgé et ses yeux, de l'avis de Neoma, étaient aussi durs que des agates.

Le majordome s'enquit des noms de Peregrine et de Charles, et Neoma fut étonnée de devoir partager l'anonymat d'Avril, alors que les hommes, eux, étaient annoncés.

— Sir Charles Waddesdon et M. Peregrine Standish, milord !

Les deux noms semblèrent se perdre dans la vaste salle et Neoma crut avoir rapetissé au point d'être devenue invisible.

Le marquis tendit la main à Charles.

— Content de vous voir, Waddesdon ! Vous aussi, Standish !

— Puis-je vous présenter Mlle Avril Lisle qui joue dans *L'Opéra de quat' sous*, milord ? demanda Charles.

— Il me semble vous avoir déjà vue, déclara le marquis à Avril.

— Si vous n'vous rappelez pas d'moi, moi j'me rappelle très bien d'vous ! lança-t-elle comme un défi.

— Une autre fois je m'en souviendrai ! répliqua le marquis.

Mais Neoma estima qu'il parlait, non pas comme s'il adressait un compliment à Avril, mais plutôt comme quelqu'un qui jette une pièce à un mendiant importun.

— Avez-vous entendu l'histoire qu'on raconte à propos du mariage de votre amie, Mme Vestris, milord, demanda Avril, comme résolue à retenir l'attention de son hôte.

— Je crois que oui, répondit-il, mais dites toujours.

— Quand madame a été sur le point de se marier, on dit qu'avant d'accepter M. Vestris comme époux, elle lui aurait récité la liste de tous ses amants.

Avril regarda le marquis d'un œil provocant, puis elle conclut son anecdote :

— La doublure de Mme Vestris a eu cette remarque : « Quelle fabuleuse mémoire ! »

L'entourage du marquis se mit à rire aux éclats,

mais celui-ci posa son regard sur Neoma et Peregrine s'empressa de la présenter :

— Mlle King, milord !

Neoma fit une révérence et, l'espace d'un instant, sa main toucha celle du marquis.

Ses doigts étaient aussi glacés que son attitude à l'endroit de ses invités et elle se demanda pourquoi il se donnait la peine de les convier.

— Montez-vous sur les planches ? s'enquit-il.

— Non, milord.

Le marquis tourna les yeux vers Peregrine et Neoma eut le sentiment que quelque chose l'étonnait, sans pouvoir deviner quoi.

On présenta ensuite les deux jeunes gens au reste de la compagnie. Un serviteur fit son apparition portant un plateau d'argent garni de coupes de champagne, et tout le monde se mit à parler en même temps.

Neoma se fit un devoir d'accepter une coupe. Elle n'en avait pas bu depuis fort longtemps, et seulement une gorgée quand son père, à Noël, lui avait demandé de porter un toast à la santé de sa mère.

Craignant de s'enivrer, elle y trempa seulement ses lèvres. Aussi remarqua-t-elle avec étonnement que les autres femmes vidaient les leurs à pleines gorgées et que des valets les remplissaient séance tenante.

Il y eut de nouveaux arrivants et, comme Peregrine semblait très absorbé avec un autre invité par une conversation sur les mérites respectifs des chevaux devant courir le lendemain, Neoma réussit à se faufiler un peu à l'écart du groupe.

Elle voulait regarder alentour les tableaux et les meubles. Tout était d'une qualité si rare que Neoma pensa qu'elle devait profiter des circonstances présentes pour admirer toutes ces richesses.

Quel dommage que sa mère ne fût pas avec elle !

C'est ce qu'elle aurait souhaité le plus au monde car, non seulement Mme Standish aurait été transportée à la vue de pareils trésors, mais elle aurait pu en outre lui en raconter l'historique par le menu.

« Il y a sûrement quelqu'un dans cette maison qui pourrait satisfaire ma curiosité ! » se dit Neoma.

Elle était tellement absorbée par sa contemplation qu'elle n'entendit rien de ce que disaient les autres invités, jusqu'au moment où elle s'aperçut que le marquis entraînait tout le monde vers le hall.

— Ma gouvernante va vous conduire à vos chambres ! annonça-t-il.

Neoma monta l'escalier à la suite d'Avril et se rendit compte qu'il était d'une rare perfection, d'une conception admirable, complexe et, sans aucun doute, française.

A nouveau, ils déambulèrent le long de nombreux et vastes corridors mais, cette fois-ci, vêtue de noir, sa châtelaine d'argent oscillant à la taille, c'était la gouvernante qui précédait, toute froufroutante, la longue cohorte des dames, tandis que le premier valet de chambre conduisait les messieurs.

— Voici votre chambre, mademoiselle ! annonça la gouvernante à Neoma qui découvrit une très belle pièce.

Les murs étaient roses, comme les rideaux du lit qui tombaient en cascade d'un petit dôme sculpté surmonté d'une couronne.

— Que c'est joli ! s'écria Neoma. C'est le plus beau lit du monde !

— Vous êtes dans la « chambre de la reine d'Ecosse », expliqua la gouvernante, ainsi appelée parce que Marie, reine d'Ecosse, y a passé une nuit.

— Comme c'est intéressant ! s'exclama Neoma. J'espère que je rêverai à elle pendant mon sommeil.

— Permettez-moi de vous dire, mademoiselle, que

vous aurez bien d'autres sujets de rêves ! laissa tomber la gouvernante d'un ton que Neoma jugea froidement désapprobateur.

Tout en parlant, la matrone traversa la pièce et ouvrit une porte près de la cheminée.

— Le gentleman qui vous a accompagnée est dans la chambre voisine, poursuivit-elle, et voici la porte de communication.

Neoma faillit lui dire à quel point elle était heureuse que Peregrine soit près d'elle, mais elle se rappela que ce dernier n'était pas censé être son frère et jugea que la gouvernante pourrait trouver curieuse cette remarque.

Elle observa les deux jeunes soubrettes en train de défaire ses bagages et de suspendre ses effets dans la penderie.

— Pourriez-vous me dire à quelle heure sera servi le dîner ? demanda Neoma.

— Les invités sont attendus en bas, dans le salon français, dans quarante-cinq minutes, mademoiselle, répondit la gouvernante, et Sa Seigneurie n'aime pas voir quelqu'un arriver en retard.

— Je serai exacte ! se hâta de répondre Neoma. Le contraire serait extrêmement mal élevé.

Elle avait parlé impulsivement et il lui sembla, un instant, que la gouvernante avait l'air de s'adoucir un peu.

— Une femme de chambre vous aidera à vous habiller, mademoiselle. Votre bain est prêt, à côté, dans le petit dressing-room.

— Quel luxe ! s'exclama Neoma. Jamais je n'ai vu de maison aussi somptueuse, ni autant de trésors !

Elle jeta un coup d'œil nerveux sur la gouvernante avant d'ajouter :

— Si vous avez un moment de libre pendant mon séjour ici, peut-être pourriez-vous me parler un peu de l'histoire de Syth et me décrire ce que renferment ses murs.

La gouvernante parut étonnée.

— Je suis ravie de voir que cela vous intéresse, mademoiselle, assura-t-elle. Je suis sûre que M. Greystone, le conservateur, se fera un plaisir de vous apprendre tout ce que vous désirez savoir.

— Quelle chance ! s'écria Neoma. Comment puis-je entrer en rapport avec lui ?

— M. Greystone a son bureau dans l'aile est, répondit la gouvernante. Si vous le demandez à l'un des valets de pied, il vous y conduira.

— Merci. Merci infiniment pour le renseignement.

Elle pensa une fois de plus que la gouvernante paraissait surprise de son ton enthousiaste. Puis, craignant, en s'attardant, de se mettre en retard pour le dîner, Neoma commença à ôter son chapeau.

Tout en prenant son bain et en s'habillant, elle se demandait si elle saurait trouver seule le salon français, quand on frappa à la porte de communication.

— Entrez ! dit-elle.

Peregrine parut.

— J'espérais tant que tu viendrais ! avoua-t-elle. Je ne tenais pas à descendre seule.

— Oui, naturellement. Nous ferons notre entrée ensemble, répondit Peregrine.

La femme de chambre qui l'avait aidée à s'habiller s'apprêtant, par discrétion, à quitter la pièce, Neoma lui lança rapidement :

— Merci infiniment pour votre aide ! C'était très aimable à vous !

La soubrette se retira et Neoma demanda à Peregrine :

— As-tu jamais vu maison plus fabuleuse ? J'aimerais tant que maman soit là ! Imagine combien elle apprécierait les tableaux. Admire ce lit !

— Surveille tes paroles ! l'adjura Peregrine en regardant par-dessus son épaule. Personne ne s'attend à ce que tu me parles de ta mère.

— Je ne vois pas pourquoi ! répliqua Neoma pour le plaisir d'argumenter. Après tout, tu pourrais me connaître depuis des années et avoir rencontré ma mère lors de tes visites.

— Oh ! pour l'amour du ciel, Neoma ! s'écria Peregrine avec humeur, nous ne sommes pas censés nous connaître si bien que ça.

Neoma pensa à Avril et reconnut :

— Je voulais juste te taquiner un peu, mon chéri. Franchement, je pense que maman aurait été plutôt choquée à la vue des autres femmes qui sont invitées ici.

— Bien sûr qu'elle l'aurait été, admit Peregrine, et je t'ai répété cent fois que tu n'es pas non plus à ta place ici ; mais n'as-tu pas promis de m'aider ?

— Je suis bien résolue à le faire, acquiesça Neoma. Mais peux-tu croire un instant que nous trouverons ce que nous cherchons dans cette immense demeure ? Autant chercher une aiguille dans une botte de foin !

— Il va falloir aviser, conclut Peregrine.

Mais Neoma avait le sentiment que son frère n'était plus aussi certain de réussir.

Ils descendirent l'escalier côte à côte et Neoma tendait le cou pour admirer les fresques du plafond peuplé de dieux et de déesses.

Le salon français l'impressionna encore davantage. Elle reconnut le style du mobilier : Louis XIV. Certains meubles étaient de Boulle, les autres sculptés et dorés.

Mais les tableaux, surtout, retinrent l'attention de Neoma qui avait peine à en détacher les yeux. Elle trouvait difficile de concentrer son attention sur les autres invitées qui, dans leurs toilettes sophistiquées, jacassaient exactement comme les perruches auxquelles elles lui faisaient penser.

Ces femmes d'ailleurs rivalisaient non seulement par l'éclat des couleurs, mais par une profusion de bijoux que Neoma suspectait, pour la plupart, d'être faux.

Mais tout étincelait, tout scintillait, et les aigrettes fixées dans les cheveux de ces dames avaient l'air de se déplacer d'une façon surnaturelle. A un point tel, même, que Neoma se demanda si toute cette assemblée de femmes n'était pas un mirage, une création de son esprit.

C'est alors que le marquis fit son entrée et tout devint parfaitement réel.

En habit du jour il impressionnait mais, en tenue de soirée, il surpassait tout le monde au point que les autres paraissaient petits à côté de lui.

Les femmes, ostensiblement avides de s'insinuer dans ses bonnes grâces, abandonnèrent leurs cavaliers servants pour courir vers lui avec des piaillements de plaisir, battant de leurs cils noircis et minaudant de leurs lèvres cramoisies, manifestement en vue d'attirer ses regards.

Son frère discourait avec un invité et Neoma se retrouva seule.

Comme elle regardait le marquis, il lui sembla que lui-même l'observait, elle qui, isolée, ne s'employait pas à grossir la cohorte des femmes qui se pressaient autour de lui.

A un moment, leurs regards se croisèrent et elle se persuada qu'il trouvait à redire à son apparence. Ne sachant que faire, elle chercha Peregrine des yeux et vint se placer à ses côtés.

— *Diamant* mis à part, croyez-vous que d'autres chevaux aient leurs chances dans le derby, milord ?

l'entendit-elle demander à l'homme avec qui son frère discutait.

Neoma se rendit compte qu'au lieu de répondre cet homme la regardait. Il devait avoir la quarantaine et, avec ses poches sous les yeux, son visage était celui d'un débauché.

— Présentez-moi, mon garçon, demanda-t-il à Peregrine.

Connaissant bien son frère, Neoma sentait qu'il était peu disposé à s'exécuter. Mais il était évident que l'homme attendait et Peregrine finit par dire :

— Puis-je vous présenter lord Dadchett ! Mademoiselle King !

Lord Dadchett tendit la main et soutint Neoma pendant qu'elle lui faisait la révérence.

— Je suis ravi, tout à fait ravi de faire votre connaissance, mademoiselle King ! J'ai idée que vous n'avez jamais séjourné dans une demeure aussi vaste et fabuleuse que celle-ci !

— C'est exact, milord.

— En ce cas, puisque je la connais bien, je suis certain de pouvoir vous montrer des merveilles qui vous intéresseront.

Quelque chose dans sa façon de s'exprimer prévint Neoma d'un danger. Elle avait également conscience de la nervosité de Peregrine.

— C'est très aimable à vous, milord, répondit Neoma, mais M. Standish a déjà promis de me servir de guide.

Pendant qu'elle disait ces mots, elle vit lord Dadchett plisser les yeux et elle eut l'impression qu'il ne se laisserait ni démonter ni troubler par son refus.

— C'est là le genre de réponse que vous êtes en droit de faire, mademoiselle King, articula-t-il, mais laissez-moi vous dire qu'on ne m'empêche pas aisément de mener à bien ce que j'ai décidé de faire.

Il tourna les talons et s'éloigna. Neoma regarda Peregrine.

Elle craignait un peu de le voir contrarié qu'elle ait refusé la proposition de lord Dadchett mais, bien au contraire, il lui enjoignit à voix basse, pour que personne ne puisse surprendre ses paroles :

— Garde-toi de cet homme ! Fuis-le comme la peste ! Tu es prévenue !

— Oui, naturellement, promit Neoma.

Le marquis, une femme à son bras, quitta le salon et la foule des invités le suivit. Chaque homme donnait le bras à une femme, la compagne, pensa Neoma, qu'il avait amenée avec lui.

Avril, resplendissante dans une robe rouge rubis dont Neoma jugea le décolleté remarquablement profond, accompagnait Charles tout en lui parlant d'une façon étonnamment intime.

Peregrine offrit son bras à sa sœur qui s'empressa d'y glisser la main. Le croyant toujours contrarié au sujet de lord Dadchett, elle lui dit d'une voix que lui seul pouvait entendre :

— Ne t'inquiète pas, Peregrine. Quoi qu'il advienne, je serai toujours très heureuse d'être venue dans cette magnifique et merveilleuse demeure. Pour moi, c'est beaucoup plus passionnant que le derby lui-même.

Peregrine partit d'un éclat de rire tout à fait spontané.

— Ne confie cela à personne d'autre, l'exhorta-t-il. Les hommes ne parlent que de la course.

— Tu ne vas pas parier ? demanda Neoma.

— Avec quoi ? rétorqua Peregrine plein d'amertume. Pourquoi ne puis-je posséder une pareille maison et un cheval comme *Diamant* ?

De le voir si manifestement dépité, Neoma éclata

de rire car, d'une certaine façon, c'était absurde.

— Pour la même raison, répondit-elle, que je ne peux pas être la reine de Saba !

C'était le genre de réplique qu'ils échangeaient depuis l'enfance et, tout à coup, ils eurent un accès de gaieté.

— Le plus drôle, lui souffla Peregrine à l'oreille, c'est que notre place n'est pas ici, surtout pour toi, et que personne ne s'en rend compte !

— Je l'espère bien !

Tout en parlant, ils étaient arrivés devant la table de la salle à manger. Un valet leur indiqua leurs places.

En s'asseyant, Neoma parcourut d'un œil admiratif la profusion de vaisselle d'or qui s'étalait jusqu'au bout de la table, là où le marquis de Rosyth, dans un fauteuil à haut dossier, trônait comme un roi.

Leurs regards se croisèrent encore une fois et Neoma eut l'impression déconcertante que, tandis que tout le monde la prenait pour ce qu'elle paraissait être, le marquis n'était pas dupe de la comédie. Elle se dit ensuite qu'elle se faisait des idées.

Pourquoi d'ailleurs, avec toutes ces femmes séduisantes, s'intéresserait-il à elle ?

Pour calmer sa nervosité, Neoma se força à examiner d'un œil critique les invitées assises de part et d'autre du marquis.

L'aspect de sa voisine de droite, celle à qui le marquis avait offert le bras pour la conduire à la salle à manger, convainquit Neoma du ridicule des idées qu'elle s'était faites à cause d'un regard que ce dernier lui avait accordé en passant. A vrai dire, elle n'avait jamais vu une femme aussi attrayante, aussi séduisante.

Si Avril, dans la voiture, lui avait paru trop parée, Neoma maintenant se rendait compte qu'elle-même mise à part et à commencer par la sirène paradant à la droite du marquis, toutes les dames étaient, pour la circonstance, fort légèrement vêtues.

Avec de tels décolletés, elles étaient quasiment nues et, quand certaines se penchaient vers la table, Neoma se surprit à rougir.

Pour ce qui était de la vedette assise à la droite du marquis, Neoma comprenait maintenant ce que Peregrine avait voulu dire par « hétaïre de haut vol ».

Ses yeux jetaient des regards obliques chargés de mystère, ses lèvres se relevaient d'un air provocant et ses cheveux roux flambaient comme une bannière de feu.

Elle portait un collier d'énormes émeraudes que Neoma, cette fois, estima tout à fait véritables. Très intriguée, elle demanda à Peregrine :

— Qui est la femme assise à la droite du marquis ?

— Vicky Vale, répondit-il comme si Neoma était censée la connaître. On l'appelle « La Flamme » !

— La Flamme ? répéta Neoma. Pourquoi ?

Il y eut un moment de silence, pendant lequel Peregrine cherchait manifestement une explication. Il finit par dire :

— J'imagine qu'on l'a surnommée ainsi à la suite d'un rôle qu'elle a joué.

— C'est une actrice ?

— Pas exactement... Je veux dire... plus maintenant.

— Elle est stupéfiante ! s'exclama Neoma. Je n'ai jamais vu quelqu'un de semblable !

— Je ne crois pas qu'il en existe deux comme elle, répliqua Peregrine, et il ne fait pas l'ombre d'un doute que seul un homme comme le marquis peut avoir les moyens de se l'offrir.

Les mots lui avaient échappé et il s'empressa d'ajouter :

— Je veux dire, naturellement, de s'offrir... le plaisir de la recevoir. Comme tu peux l'imaginer, elle est habituée à ce que l'on soit aux petits soins pour elle.

— Oui, bien sûr, approuva Neoma.

Elle avait le sentiment que l'explication de Peregrine sonnait faux et qu'il l'avait inventée pour les besoins de la cause.

Il lui était facile de comprendre que le marquis puisse avoir envie de dîner avec une femme aussi attirante, mais elle se demandait pourquoi il se donnait la peine de recevoir les autres invitées.

De toute évidence les hommes étaient des gentlemen, cependant que les femmes, non seulement avaient la même voix commune qu'Avril, mais paraissaient en outre vulgaires et de mauvais goût.

« J'imagine qu'en tant qu'actrices elles sont amusantes », se dit Neoma.

Elle s'efforça de suivre leurs conversations, mais celles-ci ne lui parurent guère spirituelles. Pour tout dire, ces femmes se contentaient de flirter — si c'était le terme qui convenait ? — avec les hommes assis à leurs côtés.

Par ailleurs, ces dames portaient des toasts à la santé les unes des autres, aussi bien qu'à celle de leurs commensaux.

Elles buvaient même dans les verres des hommes, ou les faisaient boire dans les leurs, et cette pratique surprit beaucoup Neoma.

Les mets étaient délicieux et Neoma appréciait que tout soit servi dans des assiettes d'or gravées aux armes du marquis.

Neoma n'avait jamais mangé dans de la vaisselle d'or et il était difficile d'éviter le crissement du couteau et de la fourchette sur son assiette.

Elle constata que si elle-même parvenait à manger avec délicatesse, certaines convives, non seulement faisaient du bruit, mais renversaient même des aliments sur leur robe.

Cela lui parut invraisemblable jusqu'à ce qu'au milieu du repas, révélation inattendue, elle se rendît compte que bon nombre de ces dames avaient trop bu.

Elle pensa qu'il devait en être de même du côté des messieurs, mais que ceux-ci savaient mieux se contrôler.

Les visages s'empourpraient, les nœuds commençaient à se froisser et à glisser de chaque côté des mentons. Et au fur et à mesure que l'heure avançait, les femmes devenaient de plus en plus vulgaires.

Leurs cheveux flottaient en désordre et elles avaient du mal à empêcher leurs décolletés de descendre plus bas qu'ils ne l'étaient déjà. En face d'elle, une invitée renversa un verre de bordeaux sur la nappe et un serviteur dut venir réparer les dégâts.

La table de la salle à manger présentait un aspect si raffiné, avec ses ornements d'or ciselé et ses élégantes guirlandes d'orchidées vertes, que Neoma trouva que les manières des invités détonnaient franchement dans ce décor.

Elle se demanda une fois de plus ce qui pouvait pousser le marquis à inviter de pareilles gens. Il y avait tant de questions qu'elle souhaitait poser à Peregrine, mais elle craignait qu'on ne surprenne leur conversation.

Elle avait également la désagréable impression que Peregrine lui-même buvait trop.

Comme elle avait refusé qu'on lui verse à nouveau du vin et qu'elle avait à peine touché aux verres de cristal alignés devant elle, un des serviteurs lui demanda :

— Puis-je vous proposer un peu de limonade, mademoiselle ?

— Volontiers ! Je vous remercie, répondit Neoma avec reconnaissance.

Une fois son verre empli, elle en but aussitôt car elle avait soif.

Pour la première fois depuis le début du repas, son voisin de gauche se tourna vers elle et lui demanda :

— Mes yeux m'abusent-ils ? Etes-vous vraiment en train de boire de la limonade ?

— C'est bien de la limonade ! répondit Neoma avec un sourire.

— Bonté divine ! s'écria l'homme. Je n'aurais jamais pensé m'asseoir un jour à cette table et y voir une des invitées du marquis en train de boire de la limonade ! Nous serons obligés de dire les grâces et de chanter des psaumes avant d'en avoir terminé avec ce repas !

Il y avait tant de dégoût dans sa voix que Neoma partit d'un petit éclat de rire.

— Je suis désolée que cela vous contrarie, répliqua-t-elle, mais je crois que bon nombre de gens à cette table seraient bien avisés de demander un peu de limonade plutôt que de boire encore du vin.

L'homme se retourna sur son fauteuil pour la dévisager.

— Qui êtes-vous ? demanda-t-il. Vous parlez comme ces maudits réformateurs qui passent leur temps à m'adresser des pétitions à la Chambre des communes. Je vous assure que je les envoie promener !

Il parlait de façon agressive mais Neoma, intéressée, demanda :

— Vous êtes député à la Chambre ?

— Parfaitement !

— Comme c'est intéressant ! Quelle circonscription représentez-vous ?

— Une circonscription de la côte sud, répondit-il.

Mais je ne suis pas venu ici pour parler politique mais pour m'amuser !

— Et la politique ne vous amuse pas ?

Il la regarda pendant un moment.

— Dites donc ! finit-il par lancer. Je sais ce que vous êtes ! Vous êtes un rabat-joie ! Je veux boire et m'amuser ! Est-ce clair ?

— Tout à fait clair ! répondit Neoma plutôt décontenancée.

Elle s'aperçut qu'elle parlait au dos de son voisin, car celui-ci s'était tourné pour réserver son attention à sa voisine de gauche.

« Quel étrange dîner ! » se dit-elle.

Elle allait en effet renouveler cette réflexion avec une consternation croissante à mesure que la réception prenait une tournure de plus en plus insolite.

Les domestiques éteignirent toutes les bougies, à l'exception de celles du candélabre posé sur la table, puis ils quittèrent la pièce.

Chacun sembla alors se laisser aller d'une manière que Neoma jugea scandaleuse et même révoltante.

Les hommes embrassaient les femmes qui se trouvaient à côté d'eux et certaines d'entre elles se conduisaient de façon telle que Neoma détourna les yeux et n'osa plus regarder dans leur direction.

Une seule personne semblait n'avoir pas changé depuis le début du repas et c'était le marquis !

Il restait assis à la place d'honneur, calé dans son fauteuil, pendant que Vicky Vale lui soufflait des propos à l'oreille et faisait tout pour captiver son attention et retenir son intérêt.

En l'observant, Neoma découvrit un sourire légèrement moqueur sur ses lèvres, comme s'il s'amusait cyniquement de voir ses invités se laisser aller et perdre leur dignité.

Pas une seconde il ne se départit de sa superbe et

Neoma fut soudain frappée à l'idée qu'il était comme une version masculine de Circé, l'enchanteresse qui avait, grâce à ses pouvoirs magiques, transformé ses hôtes en pourceaux.

« Pourquoi agit-il ainsi ? Pourquoi se conduit-il de façon aussi curieuse ? » se demanda-t-elle.

Elle sentit que Peregrine se laisserait ensorceler par le marquis et entraîner dans des abîmes de dépravation qu'elle ne pouvait même pas imaginer.

« Nous ne devrions pas être ici ! pensa-t-elle avec angoisse. C'est un endroit diabolique ! »

3

A son réveil, Neoma crut avoir fait un cauchemar et avoir rêvé ce dîner de la veille.

Elle eut ensuite la certitude qu'il avait bel et bien eu lieu et, une fois de plus, elle pensa qu'elle devait absolument trouver le moyen de faire partir Peregrine de Syth.

Jamais, dans son innocence, elle n'aurait pu imaginer une réception aussi avilissante que l'avait été ce repas.

Comme elle lisait énormément, Neoma avait trouvé dans certains de ses livres mention d'orgies organisées par des nobles romains et de bacchanales célébrées en l'honneur de divinités.

Mais on ne donnait aucun détail sur ce qui s'y passait en réalité et tout cela ne signifiait rien pour elle.

En revanche, cette dernière soirée n'avait été que trop réelle et Neoma était restée clouée sur son siège, d'abord étonnée, puis profondément choquée et révoltée.

Elle avait tenté de parler à Peregrine, mais il ne voulait rien entendre et elle avait fini par se rendre compte qu'il était hors d'état de comprendre ce qu'elle aurait pu lui dire.

Ne pouvant supporter le spectacle d'hommes et de femmes s'avilissant d'une façon à ce point indigne, Neoma cessa de regarder autour d'elle pour fixer son regard sur les orchidées, tout en essayant de se persuader qu'elle était seule dans la pièce et que rien d'offusquant ne s'y passait.

Toutefois il était difficile d'ignorer, dominant le bruit de fond de plus en plus assourdissant des verres choqués et entrechoqués, les rires avinés et les petits cris des femmes, intermittents mais perçants.

C'est alors qu'elle entendit une invitée, assise un peu plus loin, à côté du député local, clamer d'une voix stridente :

— J'ai besoin d'aller aux W.-C. !

Un instant Neoma n'en crut pas ses oreilles.

Comment une femme pouvait-elle s'exprimer de façon si inconvenante, si indécente, et devant des hommes ?

En tout cas, lorsque celle-ci se leva pour gagner la sortie d'un pas quelque peu chancelant, Neoma comprit qu'elle devait saisir cette occasion.

— Je vais me coucher, chuchota-t-elle à l'oreille de Peregrine, tout en sachant fort bien qu'il ne l'entendait pas.

Elle se précipita hors de la pièce et, une fois dans le corridor, sans penser à autre chose qu'à son désir de s'échapper, elle courut vers le hall et grimpa l'escalier quatre à quatre.

Arrivée dans la chambre, elle ferma la porte à clef et s'y adossa, comme si elle redoutait d'être poursuivie.

La femme de chambre qui l'avait aidée à s'habiller

lui avait dit de sonner, quand elle rentrerait, si elle désirait de l'aide pour défaire sa robe.

Mais Neoma se savait incapable de supporter une présence quelconque, de parler à quelqu'un. Elle n'aspirait qu'à une chose : être seule et, sans savoir comment, pouvoir effacer de sa mémoire ce qu'elle venait de voir et d'entendre.

Elle se déshabilla lentement puis, tout en récitant ses prières, supplia sa mère de l'aider, de venir à son secours et de lui suggérer le moyen de sauver Peregrine.

« Il est trop jeune, maman, plaida-t-elle, et il est impressionné par le marquis et ses amis ; aussi va-t-il croire que c'est là la façon dont doit se conduire un gentleman. Mais je suis certaine que papa ne s'est jamais comporté ainsi... jamais... jamais ! »

Une fois au fond de son lit, elle crut, d'abord, qu'elle ne trouverait pas le sommeil, obsédée qu'elle était par l'image de ces femmes à demi nues, par leurs façons d'embrasser et de se faire caresser par des hommes ivres.

Mais comme elle était très fatiguée et qu'elle avait très peu dormi la nuit précédente, occupée qu'elle avait été à repasser et à rafraîchir ses robes, elle sombra dans un sommeil profond, sans rêves, et, Dieu merci ! oublia que...

En se réveillant, Neoma se rendit compte que l'heure était très matinale. De pâles lueurs se devinaient entre les rideaux et elle se leva pour traverser la pièce et gagner l'une des fenêtres.

Elle écarta les riches tentures et ne put retenir son admiration. Quelles que soient les horreurs perpétrées à l'intérieur du château, au-dehors tout était extrêmement beau.

Le soleil faisait du lac un miroir d'or pâle où des cygnes glissaient majestueusement.

Entre les arbres du parc paissaient des cerfs tachetés, semblables à ceux qu'elle avait tant aimés chez elle. Seulement, ici, ils étaient beaucoup plus nombreux.

Les pelouses vertes, les parterres de fleurs et les arbrisseaux qui descendaient en pente jusqu'au lac composaient une riche symphonie de couleurs.

Neoma chercha des yeux une pendule et nota que la demie de 5 heures n'était passée que de quelques minutes.

Une idée lui traversa l'esprit et elle se remit à contempler la beauté du paysage.

Neoma savait que la compagnie ne partirait pas pour les courses avant midi et elle était tout à fait sûre que les invités, lors de cette partie de campagne, seraient trop las, ou peut-être trop souffrants après leurs excès de la veille, pour être prêts avant la dernière minute.

Elle songea aussi à Peregrine. Nul doute qu'il ne soit malade, car il l'était toujours quand il buvait trop, et elle haïssait le marquis pour avoir encouragé Peregrine et Charles à se goinfrer et à boire plus que de raison.

« Je n'ai pas tort de penser qu'il transforme ses invités en pourceaux ! pensa Neoma. Mais pourquoi ? Quel plaisir peut-il trouver à cela ? »

La veille, elle avait fort bien compris qu'il était, elle-même mise à part, le seul convive parfaitement maître de lui.

Elle le soupçonnait, sans toutefois en avoir la preuve, d'avoir très peu bu et de s'être contenté de regarder le spectacle des débauches qui s'offrait à lui comme s'il avait été au théâtre.

« C'est horrible et cruel ! » se dit Neoma qui pensait à nouveau à Peregrine avec un pincement de cœur.

Elle fit sa toilette et s'habilla, sans prêter beaucoup d'attention à sa coiffure. Dans son impatience de se retrouver dehors, à l'air frais, elle oublia de se farder.

Néanmoins, elle pensa devoir s'assurer que Peregrine allait bien et pour cela ouvrit très doucement la porte de communication.

En se mettant au lit, Neoma était persuadée qu'elle entendrait son frère rentrer chez lui. Mais il y avait une double porte. Quand elle ouvrit celle donnant sur la chambre de Peregrine, elle l'entendit ronfler et comprit qu'il cuvait encore son vin. A moins d'avoir trop bu, Peregrine ne ronflait jamais.

Les rideaux étaient tirés et Neoma dut attendre un moment pour habituer ses yeux à l'obscurité. Elle sut ensuite que si Peregrine n'avait pas sonné un valet de chambre pour l'aider à se mettre au lit c'était, de toute évidence, qu'il n'était guère en état de penser à le faire.

Il avait tout simplement retiré ses chaussures et jeté sa veste par terre avant de s'effondrer tout habillé sur son lit.

Neoma s'approcha et, malgré la faible clarté de la pièce, remarqua la grande pâleur de son frère et les cernes qu'il avait sous les yeux.

La cravate n'était plus qu'une guenille chiffonnée et sa chemise de soirée, lavée et repassée par elle avec tant de soin, était tachée de porto. Son pantalon lui aussi portait des traces de ses excès.

Neoma poussa un petit soupir.

Elle aurait aimé pouvoir emporter la chemise pour la faire tremper, dans l'espoir que les taches partiraient et qu'il ne serait pas nécessaire d'en acheter une autre, mais elle savait qu'elle ne pouvait pas le déranger.

Pendant qu'elle restait debout à côté du lit à le

regarder, Neoma réfléchit qu'il était très jeune et très faible.

« Je dois lui parler de notre départ », se dit-elle tout en sachant bien que cela devrait attendre qu'il soit en mesure de l'écouter raisonnablement.

Elle se pencha pour ramasser sa veste et l'accrocha au dossier d'une chaise avant de sortir de la chambre à pas de loup; puis elle referma très doucement derrière elle les portes de communication.

Certaine de ne rencontrer âme qui vive, elle ne prit pas la peine de mettre son chapeau.

Au manoir, Neoma se promenait toujours ainsi et elle voulait sentir la fraîcheur de l'air du matin. Elle espérait même qu'il y aurait du vent, pour balayer une partie de ses craintes et de ses alarmes.

Elle traversa vivement le corridor, non sans remarquer qu'on avait soufflé les bougies qui, la veille, brûlaient dans les candélabres d'argent.

En arrivant aux premières marches de l'escalier, Neoma découvrit que les portes du hall étaient ouvertes.

Elle se rappela avoir entendu sa mère lui dire que les domestiques des grandes maisons se levaient de très bonne heure. Elle ne fut donc pas surprise de voir des valets de pied en manches de chemise portant des plateaux remplis de verres, des bonnes en cornettes balayant les tapis et d'autres encore transportant des seaux d'eau vers le perron.

Ils regardèrent avec étonnement Neoma passer devant eux, mais ils répondirent poliment quand elle leur donna le bonjour.

Enfin Neoma se retrouva à l'extérieur dans l'air frais du matin et, sur le moment, elle eut l'impression d'avoir échappé à un piège.

Elle songea d'abord à descendre vers le lac. Puis il lui vint soudain à l'esprit qu'on pourrait l'apercevoir par les fenêtres et que quelqu'un, le marquis par exemple, pourrait trouver étrange qu'elle soit levée de si bon matin.

Renonçant à sa première idée, elle porta ses regards vers l'aile ouest du château, certaine de trouver, au-delà des bâtiments, les écuries.

En compagnie de son père, elle avait visité plusieurs propriétés dans les environs de leur manoir et les écuries n'étaient jamais très éloignées du corps de bâtiment central. Aussi, une visite avec son père se terminait-elle toujours par une inspection des chevaux de leurs hôtes.

Neoma contourna l'aile ouest et là, effectivement, trouva un large passage voûté construit avec la même pierre que le château et surmonté des armoiries du marquis.

A l'autre extrémité de la voûte, elle aperçut deux longues rangées de stalles de part et d'autre d'une cour pavée et des douzaines de têtes de chevaux dépassant de la partie supérieure des portes à demi ouvertes.

Pour Neoma, ce spectacle était presque aussi excitant que les tableaux du château.

Elle avait su monter à cheval pour ainsi dire avant de savoir marcher et rivalisait avec son frère pour établir lequel des deux était le cavalier le plus accompli.

Elle n'avait que neuf ans la première fois qu'elle avait accompagné son père à la chasse. Ignorant la peur, elle avait vite renoncé à monter un poney et aidait son père à dresser ses propres chevaux qu'elle montait d'ailleurs souvent pour la chasse.

Malgré les protestations de sa mère qui estimait trop éprouvantes pour une enfant d'aussi longues chevauchées, elle était invariablement la première à partir à travers champs. Son père l'encourageait, affirmant qu'elle montait aussi bien que lui, ce qui était le plus grand compliment qu'il pût lui faire.

Les premiers temps parce qu'elle adorait les chevaux, par la suite faute d'argent pour entretenir une main-d'œuvre aux écuries, Neoma s'occupa elle-même de ses montures et de celles des autres.

Pour elle les chevaux comptaient plus que ses amies et cet amour transformait en bête docile le plus rétif sitôt qu'elle le montait.

Neoma passa lentement les stalles en revue, flattant de la main l'encolure des chevaux, leur parlant. De sa vie elle n'avait vu rassemblement de bêtes plus belles ou de meilleure race.

Si les chevaux de course du marquis étaient de cette classe, elle ne s'étonnait guère que l'on s'attendît à le voir sortir vainqueur du derby.

Elle avait presque fini de suivre la première rangée de stalles, quand elle entendit des voix dans le box suivant.

Regardant par la porte entrebâillée, elle aperçut un palefrenier d'un certain âge tenant un emplâtre dans la main.

— Bon ! Tins-le solid' ! disait-il à un garçon d'écurie qui essayait d'immobiliser un cheval.

Manifestement, c'était plus facile à dire qu'à faire car l'animal, effrayé par la médication, ou peut-être par pure malice, piaffait, ruait et hennissait avec indignation.

— J'pouvons pas l't'nir, m'sieu' Hewson ! J'arrivons pas ! criait le garçon d'écurie.

Sur ces mots, il lâcha la bride et s'échappa précipitamment du fond de la stalle pour gagner la sortie.

Il était très pâle. Des gouttes de sueur perlaient à son front. Il haletait. Tout cela fit comprendre à Neoma qu'il avait peur, tout simplement.

Elle ouvrit la porte tout en proposant au palefrenier :

— Peut-être puis-je vous aider ?

Le valet d'écurie la regarda, ahuri.

— Pouvez pas l'fair', madam' ! V'devez pas entrer ! L'ch'val y'é dang'reux !

— Je n'ai pas peur, affirma Neoma, et je suis certaine de pouvoir le maîtriser.

En prononçant ces paroles, elle entra. Le palefrenier voulut lever le bras pour l'empêcher d'avancer, mais il se rendit compte qu'il tenait le cataplasme.

— Non, madam' ! Arrêtez, madam' ! cria-t-il.

Neoma ne prêta pas attention à ses paroles. Puis elle se mit à parler doucement, du ton qu'elle avait l'habitude d'employer avec ses propres chevaux. Elle gagna ensuite le fond de la stalle et y resta adossée à la mangeoire.

— Qu'est-ce qu'il y a, mon garçon ? T'ont-ils ennuyé ? Il faut qu'on te soigne. Cela ne te fera mal qu'une minute. Tu iras mieux bien vite et songe combien tu seras fier de toi.

Au début le cheval se contenta de redresser les oreilles et de lancer une ruade provocante en direction du valet d'écurie qui se tenait derrière lui.

Par la suite Neoma comprit que lanimal écoutait sa voix et, sans arrêter de parler, elle se rapprocha et tendit la main pour lui caresser les naseaux et ensuite l'encolure.

— Comme tu es beau ! le flattait-elle. Je ne croirai jamais que *Diamant*, ou tout autre cheval, puisse être plus beau que toi !

Lentement, et lui caressant toujours l'encolure, elle se saisit de la bride. Elle continua à lui parler et à le caresser, pendant que le palefrenier, qui avait maintenant compris ce qui se passait, s'avançait et appliquait doucement le cataplasme.

Chose étonnante, bien que le cheval se raidît et que Neoma redoutât un instant qu'il ne se mît à piaffer ou à ruer, il resta immobile. Tout se passait comme si la lente caresse des doigts et la douceur de la voix l'avaient hypnotisé.

Une fois l'emplâtre appliqué, elle lâcha la bride mais le cheval ne broncha pas.

— Tu seras vite sur pied, susurra-t-elle. Tu as été gentil... très gentil !

Sur ces paroles, elle jeta un coup d'œil vers le palefrenier pour s'assurer qu'il en avait terminé et, avec un léger tressaillement, elle remarqua la présence d'un autre homme dans l'encadrement de la porte.

C'était le marquis !

— Bien joué, Hewson ! fit-il. Je vois que vous avez réussi à mettre en place le cataplasme.

— J'aurions point pu sans l'aid' d'la lady, milord.

— Comme j'ai pu m'en apercevoir ! observa le marquis. Je vous remercie, mademoiselle King.

Par timidité, Neoma se retourna pour flatter à nouveau l'encolure du cheval.

— Comment s'appelle-t-il ? demanda-t-elle.

— *Victorieux*, répondit le marquis, mais jusqu'à ce jour il s'est montré trop récalcitrant pour être autre chose qu'une peste.

— Je crois, en fait, qu'il veut tout simplement se rendre intéressant ! décréta Neoma avec un sourire.

— Ben des r'merciements, madam', lança Hewson. J'saurons qui voir si j'avons encor' des troub' avec *Victorieux*.

Neoma faillit répondre qu'il ne faudrait pas compter sur son aide une prochaine fois car elle ne serait plus là, mais elle se contenta de sourire. Le marquis ouvrit toute grande la porte et elle sortit dans la cour.

— De toute évidence, vous savez vraiment vous y prendre avec les chevaux, la complimenta-t-il. Je ne peux pas croire que ce que je viens de voir était l'effet du hasard.

— Je pense que les chevaux comprennent que je les aime, répondit tranquillement Neoma.

— Je suppose que vous avez très souvent monté ?

— Depuis mon enfance, milord.

— Je me disais bien que Standish devait vous avoir dénichée à la campagne.

Neoma eut le sentiment que le marquis ne disait pas cela comme un compliment. Il devait, bien sûr, avoir remarqué sa robe toute simple, et combien elle était différente de ses autres invitées.

Au bout d'un moment, comme elle ne répondait rien, le marquis ajouta :

— C'est naturellement la raison pour laquelle je ne vous avais jamais vue auparavant. Depuis combien de temps êtes-vous à Londres ?

— Quelques mois à peine, répondit Neoma, estimant pouvoir répondre franchement à cette question.

— Cela explique tout ! s'exclama-t-il. Par exemple que vous soyez à ce point matinale !

— Peut-être aurais-je dû... demander la permission... de visiter les écuries ? s'excusa-t-elle. Mais je voulais prendre l'air... et puis j'étais certaine... que vous aviez des... chevaux comme ceux-ci.

La voyant si confuse, le marquis répondit :

— Je suis ravi qu'ils vous plaisent et, dois-je l'ajouter ? eu égard à votre aide précieuse, je suis heureux de les mettre à votre entière disposition.

L'espace d'un moment les yeux de Neoma s'allumèrent, puis elle pensa qu'il n'avait dit cela que par pure politesse. Mais elle traversa la cour pour aller passer en revue les stalles qu'elle n'avait pas encore visitées.

— Puis-je jeter un œil sur ces chevaux ? demanda-t-elle.

— Naturellement ! répondit le marquis. Mais, en réalité, je m'apprêtais à faire une promenade à cheval. Pourquoi ne pas m'accompagner ?

Un court instant Neoma s'étonna de cette invitation.

Puis elle oublia tout pour ne plus penser qu'au plaisir qu'elle aurait à monter un de ces magnifiques animaux.

Depuis la mort de ses parents, elle n'avait réussi à garder que deux chevaux au manoir, et seulement parce qu'ils étaient trop vieux pour être vendus avec profit.

Ses yeux étincelèrent, quand elle demanda au marquis :

— Puis-je vraiment... vous accompagner ? (Avant qu'il ait pu lui répondre, elle ajouta d'une voix un peu hésitante :) Je n'ai pas... de tenue d'amazone... ici... Puis-je monter... comme je suis ?

— Ne serez-vous pas gênée ? demanda-t-il. Votre robe ne risque-t-elle pas d'en souffrir ?

Elle pensa qu'il ne comprendrait pas, si elle lui avouait que, en l'absence de voiture au manoir, elle montait toujours ainsi. Elle sautait tout bonnement sur le dos d'un des vieux chevaux et galopait jusqu'au village ou prenait à travers champs pour se rendre dans une ferme. C'était indiscutablement plus rapide et plus commode que d'y aller à pied.

Pour l'heure, elle songea que monter un des chevaux du marquis valait bien de gâter toutes les robes qu'elle avait jamais eues.

— Je vous en prie... laissez-moi venir... tout de suite ! l'implora-t-elle.

Neoma se disait que le temps passait et qu'elle

devait profiter de chaque minute de cette merveilleuse aubaine.

Le marquis donna un ordre à Hewson et plusieurs valets d'écurie s'empressèrent de mettre une selle de femme sur l'un des plus beaux pur-sang que Neoma eût jamais vus.

En moins de temps qu'il ne faut pour le dire, elle fut déjà en selle. A ses côtés, le marquis montait un étalon noir. Ils traversèrent la cour de l'écurie et gagnèrent le parc.

Sans échanger une parole, ils firent prendre le trot à leurs montures qui se mirent à galoper de concert.

Neoma oublia tout et s'abandonna à l'ivresse de monter un cheval si superbe. Elle avait conscience de galoper sur ces pelouses plus vite qu'elle ne l'avait fait de sa vie.

Quand ils eurent parcouru environ deux kilomètres, Neoma se rendit compte que le marquis ralentissait l'allure et elle tira sur les rênes de sa propre monture.

— Merci ! Merci ! s'écria-t-elle avec une spontanéité qui faisait plaisir à voir. C'est ce qui m'est arrivé de plus merveilleux dans la vie !

— Vous montez superbement ! Mais je n'ai pas besoin de vous le dire, la complimenta-t-il. Qui vous a appris ? J'ai peine à croire que ce soit Standish !

— Peregrine est un excellent cavalier ! répliqua Neoma oubliant, un instant, qu'elle était censée ne pas bien le connaître.

— Cela ne m'étonne pas du tout, répondit le marquis, mais, quant à vous, vous êtes une cavalière exceptionnelle !

Neoma se mit à sourire, mais ne répondit rien. Aussi le marquis lui demanda-t-il :

— Qui êtes-vous ? Cela m'intéresse.

— Il me serait pénible d'avoir à parler de moi,

répondit Neoma, alors que j'ai tant de questions à poser à Votre Seigneurie.

— Des questions ?

— Au sujet de votre château et de ce qu'il contient. Vous allez me trouver très ignorante, mais, il y a deux jours encore, je n'avais jamais entendu parler de Syth.

— J'imagine que Standish aura comblé cette lacune, quand il vous a priée de l'accompagner ?

Neoma acquiesça d'un signe de tête.

— Je suis ravi que vous soyez mon invitée, affirma le marquis, mais j'ai eu, hier soir, l'impression que vous ne vous amusiez guère.

Ces paroles firent ressurgir toute l'horreur et le dégoût qu'avait ressentis Neoma.

Elle se retint à grand-peine de lui dire sa façon de penser. Elle se rappela que, par égard envers Peregrine, elle se devait de rester polie et de ne pas offenser leur hôte, tout au moins jusqu'à ce qu'ils aient récupéré le billet à ordre.

Ne trouvant rien à répondre, Neoma enfonça brusquement un talon dans le flanc de son cheval et, quand celui-ci partit comme une flèche, le marquis n'eut plus qu'à la suivre.

Ils galopèrent pendant un certain temps. A dessein Neoma conservait son allure. Mais les chevaux finirent par se remettre au pas et le marquis affirma, un petit rictus au coin des lèvres :

— J'ai l'impression, mademoiselle King, que vous ne tenez pas à répondre à ma question.

— C'est exact, milord !

— Puis-je savoir pourquoi ?

— Pourrions-nous parler d'autre chose ?

— Quoi, par exemple ?

— Je vous ai déjà dit que j'aimerais apprendre une foule de choses sur votre demeure.

— Mon conservateur peut vous donner tous les renseignements que vous souhaitez.

— Je le sais ! Votre gouvernante m'a déjà parlé de M. Greystone.

— Ainsi, cela vous intéresse vraiment ?

— Mais, naturellement ! Pourquoi en douteriez-vous ?

— Parce que la plupart des femmes ne se préoccupent que de leur petite personne, de leurs toilettes, de leurs bijoux et, bien entendu, de leurs... amants.

Neoma crut que le mot avait été lâché à dessein pour la choquer, et les couleurs affluèrent à son visage.

Elle évita de regarder le marquis. Elle savait qu'il l'observait et sans doute avait-il la même expression que la veille, quand il regardait ses invités attablés dans la salle à manger.

Sans pouvoir s'en empêcher, elle exprima la première pensée qui lui passa par la tête.

— Pourquoi gâchez-vous tout ?

— Que voulez-vous dire ? demanda-t-il.

— En parlant comme vous le faites... en donnant des... soirées... comme celle... d'hier soir ?

Elle marqua un temps d'arrêt mais, le sentant trop étonné pour répondre, elle continua avec insouciance :

— Je n'ai jamais vu de maison plus magnifique et remplie de trésors aussi fabuleux. Ce matin, quand j'ai regardé par la fenêtre, j'ai pensé que le reflet du soleil sur le lac et les cerfs dans le parc auraient pu être... un coin du paradis.

Elle avait parlé d'une voix vibrante. Le marquis répliqua :

— Un paradis dans lequel détonne un seul élément : l'homme à qui il appartient !

— Je n'ai pas... dit cela.

— Mais vous l'avez pensé.

— Pourquoi êtes-vous... comme vous êtes ?

Neoma tourna la tête vers le marquis. Son cheval allait au pas du sien, ils chevauchaient côte à côte, et elle s'aperçut que les yeux du marquis retenaient les siens d'une façon qu'elle ne pouvait expliquer.

Il la regarda un moment et Neoma perçut les battements accélérés de son cœur.

Le marquis finit par observer :

— Vous êtes très franche, mademoiselle King ! Je crois que nous devrions rentrer !

Tout en parlant, il fit faire demi-tour à sa monture et Neoma l'imita. Ils partirent au trot et chevauchèrent en silence.

En revoyant le château, Neoma sut qu'elle ne regrettait rien de ce qu'elle avait dit.

Il était impossible d'imaginer, dans tout le pays, plus pur chef-d'œuvre d'architecture.

Se détachant sur un écran de verte forêt, le château semblait un fabuleux joyau posé sur du velours. L'étendard du marquis se détachait dans le ciel, ondulant doucement sous la brise.

« C'est l'endroit le plus merveilleux que j'aie jamais vu ! » songea-t-elle.

Mais la scène du dîner de la veille lui revint alors à l'esprit et elle frissonna.

Toujours sans échanger une parole, ils arrivèrent devant la porte principale où des valets d'écurie les attendaient pour s'occuper des chevaux.

Le marquis mit pied à terre et vint ensuite vers Neoma pour la soulever de sa selle et la poser sur le sol.

Pendant qu'il accomplissait ces gestes, Neoma pensa qu'il devait être irrité et, comme elle songeait à Peregrine, elle déclara à voix basse :

— Veuillez excuser... mon impolitesse. J'espère que... vous me... pardonnerez.

— Je suis simplement étonné, mademoiselle King, répondit le marquis.

Côte à côte, ils montèrent les marches du perron et pénétrèrent dans le hall.

Elle se hâta de regagner sa chambre où non seulement la femme de chambre mais aussi la gouvernante l'attendaient.

— Nous nous demandions où vous étiez passée, mademoiselle, avoua cette dernière. C'est en regardant par la fenêtre que je vous ai vue rentrer avec Sa Seigneurie.

— Je me suis levée très tôt et j'ai visité les écuries, expliqua Neoma. Sa Seigneurie m'a demandé de l'accompagner dans sa promenade.

— Ainsi vêtue ? Sans jupe d'amazone ? s'étonna la gouvernante. Eh bien ! Vous feriez mieux de vous changer, mademoiselle. Je ferai repasser votre robe.

— Ce serait très gentil à vous, répondit Neoma. Je suis désolée de vous donner un surcroît de travail.

— C'est sans importance. Mais ce fut une telle surprise d'entrer à pareille heure dans votre chambre et de vous trouver envolée, pour ainsi dire. A part Sa Seigneurie, personne ne se lève de bonne heure dans cette maison.

— Peut-être aurais-je dû demander à quelle heure était servi le petit déjeuner ? suggéra Neoma, pendant que la femme de chambre délaçait sa robe.

— La plupart des invités, quand ils prennent quelque chose, répondit la gouvernante, se font servir dans leur chambre. Mais, aujourd'hui, à cause des courses, on nous a donné des instructions pour que l'on réveille tout le monde. Sa Seigneurie souhaite qu'on ne la fasse pas attendre.

— Cela va de soi, approuva Neoma.

— Ce que je vous conseille, mademoiselle, c'est de vous rendre à la petite salle à manger sitôt que vous vous serez changée. Je doute fort que vous y trouviez grand monde, mais vous devez avoir de l'appétit après l'exercice que vous avez pris.

— Maintenant que vous en parlez, je sens que j'ai effectivement faim, avoua Neoma avec un sourire. Et peut-être, en me dépêchant, aurai-je le temps d'aller trouver M. Greystone avant le départ pour les courses.

— Excellente idée, mademoiselle ! approuva la gouvernante, et vous pouvez compter sur Elsie pour vous préparer tout ce dont vous aurez besoin. Que comptiez-vous mettre ?

— Il me faudra porter la même robe qu'hier. Je dispose de peu de toilettes et cette robe est la seule que je puisse mettre.

— Elle vous va à ravir, si je peux me permettre, la complimenta la gouvernante. C'est dommage...

Elle s'arrêta brusquement et Neoma pensa qu'elle avait été sur le point de faire une remarque désobligeante sur l'attifement des autres invitées, et qu'elle y avait renoncé, par crainte de paraître impertinente.

Avec tact, Neoma changea le sujet de la conversation.

— Je suis certaine que chacun souhaitera bonne chance à Sa Seigneurie. J'espère que *Diamant* va gagner !

— Nous de même, répondit la gouvernante.

— Ce sera passionnant d'assister au derby, rêva Neoma, et je vous remercie infiniment de m'avoir aidée à me changer.

Elle adressa un gracieux sourire à la femme de chambre et à la gouvernante, avant de sortir de la pièce pour gagner l'escalier.

Neoma aurait bien voulu savoir si Peregrine était réveillé, mais elle craignit que la gouvernante ne juge tout à fait inconvenant de la voir entrer dans la chambre d'un homme. Ainsi s'abstint-elle de le faire.

Mais, à sa grande joie, elle trouva Peregrine dans la petite salle à manger. Il avait le visage bouffi, les yeux cernés, et restait assis, un coude sur la table, une main sur le front.

— Peregrine ! s'exclama-t-elle. Est-ce que tu te sens bien ?

— Je me sens comme un zombie ! répondit-il. Pourquoi diable ai-je bu autant ?

— Tu sais que c'est toujours une erreur, repartit Neoma. Essaie de manger quelque chose. Tu te sentiras mieux après.

— Cela va me donner la nausée ! rétorqua Peregrine d'un ton maussade.

Néanmoins, Neoma regarda autour d'elle et avisa, sur un buffet, un grand nombre de plats recouverts d'une cloche en argent et posés sur des réchauds allumés.

Il n'y avait pas de domestique dans la pièce. Sans doute les invités devaient-ils se servir eux-mêmes, quelle que soit l'heure à laquelle ils descendaient.

En conséquence, Neoma alla chercher pour Peregrine le plat le plus simple qu'elle pût trouver et le posa devant lui sur la table. Elle lui beurra une tartine grillée et lui versa du café.

— Essaie de manger un peu, mon chéri, conseilla-t-elle. Ce sera une passionnante journée et tu regretteras de ne pouvoir en profiter.

— Ce que je veux, c'est un verre de cognac !

— Du cognac ?

— C'est la seule chose qui me remette sur pied quand j'ai trop bu. Charles te dira que c'est la seule chose raisonnable à faire.

Quand on parle du loup, on en voit la queue : à cet instant, Charles entra dans la pièce !

Il était dans le même état que Peregrine mais paraissait encore plus blême.

— Mon Dieu ! Quelle soirée ! s'exclama-t-il. Neoma a été la seule à faire preuve de bon sens.

— Peregrine veut du cognac ! lança Neoma.

— Et moi aussi ! répliqua Charles.

Connaissant, de toute évidence, les usages, il agita une clochette dorée posée sur la table et un domestique parut aussitôt.

— Du cognac pour monsieur Standish et moi-même ! ordonna-t-il.

Le serviteur sortit un carafon d'un placard et leur versa une rasade de cognac qui parut à Neoma une dose tout à fait excessive.

Toutefois, après avoir bu son verre, Peregrine réussit effectivement à manger un peu et il était indiscutable qu'il reprenait des couleurs.

Dès que le domestique eut quitté la pièce, Neoma annonça :

— J'ai à vous parler à tous les deux !

Charles la regarda, dans l'attente de ce qu'elle allait dire, et la jeune fille demanda :

— Dans combien de temps, au plus tôt, pourrons-nous repartir d'ici ? Je ne veux pas y rester une seconde de plus qu'il n'est nécessaire.

— Tu connais la réponse à cette question, répliqua son frère. Nous resterons jusqu'à ce que nous ayons trouvé ce que nous cherchons.

Il avait baissé la voix pour répondre, mais Charles et Neoma jetèrent cependant un regard craintif du côté de la porte, au cas où quelqu'un serait entré et aurait entendu ses paroles.

— Je me moque de le trouver ou non ! s'écria Neoma. J'ai depuis hier soir la conviction qu'aucun de nous ne devrait être ici !

Charles la regarda d'un air plein de compréhension.

— J'admets que c'était affreux et j'ai été heureux de te voir t'éclipser.

— Que s'est-il passé ? demanda Peregrine. Je n'arrive pas à me rappeler grand-chose.

— Je crois que la plupart des invités disent de même, répondit Charles, et c'est beaucoup mieux ainsi, si tu veux mon avis.

— Pourquoi invite-t-il ici ces femmes... abominables ? demanda Neoma à voix basse. Et pourquoi laisse-t-il ses amis s'enivrer à ce point et se conduire de façon aussi révoltante ?

— J'imagine que c'est ce qu'il aime ! répondit Charles.

Aux yeux de Neoma, cela semblait la seule explication possible. Mais elle n'arrivait pas à croire qu'un homme capable d'inciter à pareille dépravation soit le même que celui qui venait de faire une promenade en sa compagnie et qui s'était, somme toute, comporté d'une façon qui aurait reçu l'approbation de son père.

— Vous n'avez pas répondu à ma question, lança-t-elle tout haut. Quand pouvons-nous repartir ?

— Vendredi, je suppose, répondit Charles. De toute façon, la plupart des hommes voudront retourner aux courses demain.

La mort dans l'âme, Neoma comprit qu'il lui faudrait subir deux autres soirées.

— Peut-être pourrions-nous repartir jeudi, une fois les courses terminées ? suggéra-t-elle.

— Quel serait l'intérêt ? demanda Peregrine. D'ailleurs, j'ai donné des ordres pour que la voiture soit là vendredi matin.

Neoma était sur le point de protester que cela ferait un trop long séjour, quand des invités firent irruption dans la petite salle à manger. Comme elle avait achevé de prendre son petit déjeuner, elle se leva et partit à la recherche de M. Greystone.

Elle le trouva dans un bureau somptueux, aux murs couverts de plans historiques, plein de classeurs et de coffres-forts portant tous les armes du marquis.

Elle se présenta avec une certaine gaucherie, mais M. Greystone se montra tout de suite des plus empressés à la mettre à son aise.

— Je comprends parfaitement votre intérêt, mademoiselle King, dit-il encourageant, mais il nous faudrait des heures pour visiter le château qui est, sans exagération, l'un des plus beaux du pays.

Il parlait avec fierté et continua :

— Mais puisque vous me dites ne disposer que d'un bref moment avant votre départ pour les courses, je suggère que nous jetions un coup d'œil sur les salles qui se trouvent dans le voisinage immédiat de ce bureau. Plus tard, quand vous disposerez d'un peu plus de temps, peut-être pourrons-nous visiter les grandes pièces de réception et, naturellement, la chapelle.

— Il y a une chapelle ? demanda Neoma, vivement intéressée.

— Mais bien sûr ! répondit M. Greystone. Elle a été construite avant que Vanburgh ne fasse démolir le château originel pour édifier celui que vous voyez maintenant.

— Cette chapelle est-elle très loin de votre bureau ?

— Tout à côté !

— En ce cas, pourrions-nous la visiter en premier ?

Pour Neoma, l'existence d'une chapelle atténuait un peu, par quelque influence occulte, le mal dont elle avait, la veille, redouté la force.

— Est-elle désaffectée ? demanda Neoma, pendant qu'ils traversaient un corridor.

— Absolument pas ! répondit le conservateur.

Le chapelain particulier du marquis y célèbre l'office chaque dimanche.

Neoma le regarda avec étonnement avant de demander :

— Le marquis a un chapelain personnel ?

— Oui. C'est assez courant quand il y a une chapelle dans un château de cette importance. De plus, naturellement, il est infiniment plus commode pour les domestiques d'entendre l'office ici que de franchir à pied les deux kilomètres qui nous séparent de l'église du village.

— C'est facilement compréhensible, approuva Neoma.

Ils arrivèrent à la chapelle et elle découvrit l'intérieur avec grand plaisir.

Ainsi que l'avait expliqué M. Greystone, celle-ci était très ancienne et les vitraux qui dominaient l'autel dataient de 1680.

Les magnifiques bancs avaient été sculptés à la même époque et la stalle réservée au marquis était digne d'un roi.

L'autel était en albâtre et les tableaux des murs, peints par Laguerre et par Ricard, illustraient des scènes de la vie du Christ.

Mais Neoma concentra ses pensées sur le caractère sacré du lieu : c'était une petite maison de Dieu, enterrée dans un château qui devait l'avoir oublié.

Désireuse de prier, elle s'approcha d'un banc et s'agenouilla sur un coussin de velours rouge. Elle ne put donc pas remarquer la surprise qui se peignit sur le visage de M. Greystone, resté debout dans l'allée.

Elle pria quelques minutes, implorant le secours de Dieu et suppliant sa mère d'aider Peregrine à devenir plus raisonnable et, par-dessus tout, de l'empêcher de parier alors qu'il n'avait pas d'argent.

« Mon Dieu, aide-nous ! Maman, secours-nous ! »

répétait-elle dans cette supplique qu'elle leur avait déjà adressée à plusieurs reprises. Elle termina par une courte prière, toute simple, qu'elle récitait déjà enfant.

Elle se releva. M. Greystone resta songeur devant l'expression de grande douceur empreinte sur son visage. Il trouvait regrettable qu'une jeune fille aussi ravissante et dont l'âme paraissait si élevée se soit engagée si jeune dans une voie qui ne pouvait mener, finalement, qu'au désespoir.

Il s'abstint de tout commentaire et se contenta de ramener Neoma sur ses pas pour lui faire admirer un très beau salon, avant que ne sonne pour elle l'heure d'aller s'habiller pour les courses.

Quand la jeune fille redescendit l'escalier, le jacassement des voix lui parut en complet désaccord avec la beauté du hall et les robes des femmes juraient un peu trop à son goût avec les toiles qui, ainsi qu'elle l'avait appris de M. Greystone, étaient également l'œuvre de Laguerre.

Neoma avisa Peregrine au milieu de la cohue et se hâta de le rejoindre, pour découvrir avec consternation qu'il avait déjà en main un verre de champagne, à l'instar de tous les autres invités.

— Arrête de boire ! le supplia-t-elle à voix basse.

Il lui adressa un sourire avant de répondre :

— Tout va bien. Je me sens déjà mieux.

Il était évident que le champagne avait requinqué toute la compagnie et, bientôt, chacun franchit la porte principale pour gagner l'allée où attendait une grosse diligence.

Au grand étonnement de Neoma — qui aurait pourtant dû s'y attendre — le marquis avait l'intention de conduire lui-même le superbe attelage qui devait les mener à Epsom.

Les invités grimpèrent tous sur le toit de la diligence, où l'on avait rivé des bancs pour la circonstance, tandis que les domestiques prenaient place à l'intérieur.

— En avant ! En avant ! criaient les invités au milieu des éclats de rire, quand s'ébranla la diligence.

Neoma, assise à côté de Peregrine, jouissait à cette hauteur d'une vue admirable sur le lac et les jardins.

Quelques instants plus tard, comme ils remontaient l'allée, elle se rendit compte que son voisin de gauche changeait de place. Avec un pincement au cœur, elle comprit que son nouveau voisin était lord Dadchett.

Il était, fatalement, tout contre elle et Neoma se rapprocha le plus qu'elle put de Peregrine.

— Vous avez l'air d'une fée, ce matin, mademoiselle King ! décréta lord Dadchett. Espérez-vous faire fortune aux courses ?

— Je n'ai pas les moyens de parier, milord ! répondit Neoma d'une petite voix sèche.

— Non ! Bien sûr que non ! répliqua-t-il. Aussi me permettrez-vous de miser sur tous les chevaux que vous jugerez susceptibles de gagner et peut-être, ensemble, empocherons-nous une grosse somme.

— C'est infiniment aimable à Votre Seigneurie, mais il m'est impossible d'accepter, répondit Neoma. Je n'approuve pas les jeux de hasard !

— Voilà assurément une déclaration originale de la part de quelqu'un comme vous ! s'exclama lord Dadchett.

Neoma tourna la tête pour parler à Peregrine, mais malheureusement celui-ci était en train d'évaluer, avec un homme assis devant lui, les mérites respectifs des chevaux inscrits pour la course et lord Dadchett en profita pour suggérer :

— Si les courses ne vous intéressent pas, peut-être aimeriez-vous connaître l'histoire d'Epsom et savoir comment furent découverts les fameux sels d'Epsom.

Neoma regretta qu'il soit là question d'une chose qui l'intéressait et que lord Dadchett en soit conscient.

Jugeant ce sujet de conversation moins dangereux que des questions sur sa propre personne, ses goûts et ses antipathies, Neoma l'écouta lui expliquer qu'en 1618 un homme du nom de Henry Whicker avait, le premier, conduit son troupeau au bord d'une source qu'il avait découverte dans un champ à Epsom.

— Ses bestiaux refusèrent de boire, racontait lord Dadchett, et quand Whicker goûta cette eau, il lui trouva une saveur nettement désagréable.

Neoma estima que le visage de lord Dadchett se rapprochait dangereusement du sien, quand il poursuivit :

— Quoi qu'il en soit, moins de vingt ans plus tard, les gloutons de la cour des Stuart à Londres allaient prendre les eaux à Epsom pour purger leur foie. Je crois que vous serez d'accord avec moi, mademoiselle King, pour convenir que c'est une précaution que devraient prendre ce matin bon nombre de nos compagnons de voyage !

Neoma n'avait aucune envie de s'entretenir de ce sujet avec lord Dadchett, ni avec personne d'autre d'ailleurs, mais celui-ci continua :

— Bien sûr, les courtisans souhaitèrent se distraire pendant leur cure. Maisons de jeu et arènes pour les combats de coqs poussèrent comme des champignons. Et quoi de plus naturel que d'aménager là un champ de courses ?

Trouvant cette histoire passionnante, Neoma s'exclama :

— Voilà donc comment ont commencé les courses !

— J'ai pensé que cela vous intéresserait ! exulta lord Dadchett. Je connais pas mal de choses qui vous divertiraient encore davantage... si vous étiez plus compréhensive avec moi !

Il y avait dans sa voix un accent qui déplaisait à Neoma et celle-ci s'empressa de demander :

— Mais comment la course a-t-elle fini par prendre le nom de « derby » ?

— Epsom aurait pu ne rester qu'un petit champ de courses sans importance, répondit lord Dadchett, si le futur comte de Derby, qui n'avait à cette époque que vingt et un ans, n'avait loué un ancien cabaret rénové et qui s'appelait *The Oaks*.

Il comprit que Neoma reconnaissait le nom et ajouta :

— Oui, ce fut là l'origine du « Oaks Stakes » (1), cette course qui se tient le vendredi qui suit le jour du derby, quand le futur comte eut permis qu'on donnât le nom de sa maison à l'une des courses d'Epsom.

— Voilà qui est intéressant ! dut reconnaître Neoma.

— Les organisateurs du « Oaks Stakes » optèrent donc pour une course de deux mille cinq cents mètres réservée aux pouliches de trois ans, poursuivit lord Dadchett, et l'année suivante, en 1780, le comte et ses amis décidèrent qu'il devrait y avoir une course similaire pour poulains de trois ans. Voilà comment fut institué le « Grand Prix du derby » !

Neoma trouva qu'il avait un sourire déplaisant, quand il ajouta :

— Maintenant que je vous ai fait plaisir, dites-moi comment vous allez me rendre la pareille.

— Je ne vois pas... de quoi vous voulez parler.

— Je crois que si, affirma-t-il, et, ce soir, au lieu de vous éclipser après le dîner, vous devriez me laisser vous montrer quelques-unes des merveilles de

(1) « Prix des Chênes » : équivalent au « Prix de Diane ».

Syth. La galerie de peinture vaut vraiment la peine d'être vue.

Sa façon de parler ne pouvait qu'encourager Neoma à regagner sa chambre encore plus tôt que la veille.

Par bonheur, à ce moment-là ils rejoignirent des attelages qui se dirigeaient vers les collines d'Epsom et il y avait tant de choses à regarder et à commenter que lord Dadchett dut mettre un terme à ses propositions.

La route était encombrée de toutes les sortes de véhicules susceptibles d'être tirés par un cheval ou un âne.

Il y avait d'élégants carrosses à quatre chevaux dont les postillons et les cochers maudissaient les marchands des quatre-saisons dans leurs charrettes, des coupés de ville surchargés, des breaks, des calèches, etc.

Une longue file de voitures s'étirait à un poste de péage où les conducteurs réglaient leur dû. Heureusement, Syth n'étant guère éloigné d'Epsom, ils n'avaient pas une longue route à faire dans un tel embouteillage.

Neoma, au comble de l'excitation, remarqua que des forains, pour éviter leurs concurrents installés sur la colline, avaient établi leurs jeux de massacre et autres attractions au bord de la route.

Acrobates et jongleurs quêtaient les *pennies* le long de la lente cavalcade et les invités du marquis, du toit de la diligence, leur jetèrent des pièces pour le seul plaisir de les voir se ruer dans la poussière.

Ils se retrouvèrent enfin en plein champ et les attelages qui grimpaient en brinquebalant les flancs de la colline, tout en cornant selon les règles de l'art, étaient accueillis au sommet par les applaudissements de la foule piétonne.

Neoma aperçut une immense tribune qui, apprit-elle de Peregrine, venait juste d'être terminée, et dont le coût était de vingt mille livres.

Cette tribune était déjà bondée de monde et, de chaque côté de celle-ci, comme de l'autre côté de la piste, carrosses et attelages prenaient position pour suivre les courses.

Partout régnait un tel tohu-bohu que Neoma se demanda si, le moment venu, les chevaux arriveraient jamais à passer.

Mais, dans l'immédiat, elle était transportée par les cris des pronostiqueurs et des tuyauteurs qui racolaient devant des kiosques dont les propriétaires arboraient des gilets de soie et des chapeaux ornés d'immenses plumes d'autruche.

Devant les baraques de pari à la cote, des aboyeurs en livrée fastueuse essayaient d'embobiner les passants et de les faire entrer en leur promettant la richesse.

Et partout, de la musique. Certains des musiciens ambulants étaient des tsiganes qui faisaient chanter leurs violons pendant que leurs femmes circulaient, disant la bonne aventure pour une pièce d'argent.

Debout sur le toit de la diligence, que le marquis avait immobilisée à une excellente place près de la tribune, Neoma pouvait voir des baraques où s'affrontaient plusieurs équipes de boxeurs. Son frère lui apprit qu'il s'agissait d'anciens champions célèbres qui, nonobstant nez écrasés et visages amochés, gagnaient de l'argent de la seule façon qu'ils connaissaient.

Des prestidigitateurs exécutaient d'innombrables tours, des ventriloques argumentaient avec leurs poupées, entourés d'une foule de campagnards au regard distrait et d'enfants en haillons.

— Fais attention aux pickpockets ! prévint Charles

quand Peregrine annonça son intention de descendre de la diligence.

— Ils ne tireront rien de moi ! répondit Peregrine.

Il se tourna ensuite vers Neoma et lui demanda :

— Viens-tu avec moi ?

— Oui, bien sûr, répondit-elle.

Neoma avait compris que lord Dadchett ne la quitterait pas d'un pouce si elle restait seule. Mais il y avait une telle cohue que Peregrine décida bientôt de regagner la diligence. A leur retour, ils trouvèrent un buffet froid préparé pour le déjeuner.

Les serviteurs avaient prévu des tables, des sièges et il y avait des boissons de toutes sortes et de toutes couleurs, y compris du champagne, naturellement, sur une table placée à l'ombre.

Neoma prenait lentement conscience que cet extraordinaire buffet se composait d'une foule de spécialités culinaires du pays.

On y trouvait du saumon froid, de la dinde, du fromage de tête, de la langue de bœuf, une tête de porc, etc. et, bien sûr, une profusion de desserts qui menaçaient de fondre au soleil.

Bien que, pour sa part, elle eût très faim, Neoma se demanda si les autres invités eussent préféré un repas plus substantiel... Quoi qu'il en soit, peut-être stimulés par le vin, ils réussirent à s'empiffrer. Les hommes lancèrent des cuisses de poulet, des morceaux de langue et de jambon aux enfants qui les observaient avec des yeux affamés.

Le déjeuner dura si longtemps que la compagnie suivit les deux premières courses un verre à la main.

S'annonça ensuite le Grand Prix du derby et Peregrine suggéra de se rendre au paddock pour examiner les chevaux. Neoma ne demandait pas mieux et ils regardèrent les concurrents qui faisaient parader leurs chevaux tenus par des lads, pendant que les jockeys, debout au centre de l'enceinte, s'entretenaient avec les propriétaires de ces magnifiques bêtes.

On voyait partout des femmes habillées avec beaucoup de chic et escortées par des messieurs très élégants. Neoma décréta qu'aucun d'eux n'avait la prestance du marquis. Au milieu du déjeuner, elle l'avait vu s'éloigner de la diligence en compagnie de Vicky Vale.

Celle-ci offrait un spectacle extraordinaire et Neoma, en son for intérieur, estimait cela très vulgaire de se pavaner en exhibant autant de bijoux sur un champ de courses.

Avec les plumes jaunes de son chapeau et le châle de soie doré qu'elle avait drapé autour de ses épaules, elle ne passait pas inaperçue, même au milieu d'une foule pareille, et Neoma pensa que le marquis prenait plaisir à la faire parader devant ses amis.

Quoi qu'il en soit, pour l'instant, Neoma ne s'inquiétait que des chevaux.

— Voici *Diamant* ! s'exclama Peregrine quand passa un cheval qui paraissait au meilleur de sa forme.

C'est à ce moment-là que Charles les rejoignit.

— Parions jusqu'à notre dernier sou sur *Diamant*, proposa-t-il à Peregrine. Nous obtiendrons une cote pourrie, mais autant essayer et gagner un petit quelque chose.

— Non ! intervint Neoma d'une voix craintive. Vous ne devez pas faire cela !

— Pourquoi pas ? demanda Peregrine.

Elle observa *Diamant*, qui n'était pas très loin d'eux, avant de répondre :

— Il ne gagnera pas !

— Tu plaisantes ! Que veux-tu dire par là ? demanda Charles. *Diamant* ne peut pas ne pas gagner !

Aucun des concurrents n'a la moindre chance contre lui !

Neoma ne répondit pas tout de suite. Elle finit par leur confier à voix basse :

— Je suis certaine, absolument certaine, que le gagnant sera ce cheval-ci !

Elle avait joint le geste à la parole pour désigner un animal du doigt et les deux jeunes gens ramenèrent sur elle leur regard interloqué.

— C'est impossible ! s'exclama Charles.

Sur ce, il tira de sa poche le programme des courses.

— Voyons voir... *Sailor*... appartenant à M. Ted Thornhill... et le jockey est... S. Chifney. Si tu veux mon avis, il n'a pas une chance contre *Diamant*.

— Il n'en reste pas moins que *Diamant* ne gagnera pas ! insista Neoma.

— Venant d'une de mes invitées, je trouve que c'est là une déclaration tout à fait extraordinaire ! s'exclama une voix.

Neoma tressaillit. Elle n'avait pas besoin de se retourner pour savoir qui avait parlé.

— C'est exactement ce que j'ai dit, milord, intervint Peregrine. Dans cette course, aucun autre cheval ne vaut d'être mentionné.

— C'est bien ainsi que j'aimerais voir les choses, répliqua le marquis. Cependant, j'aimerais connaître la raison pour laquelle Mlle King ne fait pas confiance à *Diamant*.

Neoma leva les yeux et leurs regards se rencontrèrent : il devenait difficile de répondre. Elle parvint néanmoins à articuler :

— Je suis désolée... et... bien sûr... je peux me tromper... mais je sens... que *Sailor* va gagner.

— C'est ridicule et tu le sais ! lança Peregrine d'une voix acerbe. (En lâchant ces paroles, il comprit que son ton pouvait difficilement être celui qu'il aurait employé pour parler à la « tendre amie » que Neoma était censée représenter.) Bien sûr, chacun a le droit d'avoir son opinion, conclut-il sans conviction.

Les yeux du marquis restaient attachés à ceux de Neoma.

— A quoi sentez-vous cela, mademoiselle King ?

— C'est une chose... qui ne s'explique pas, répondit-elle en ne parlant que pour lui. J'ai eu un pressentiment semblable ce matin, quand j'ai su que je pouvais maîtriser *Victorieux*. Malgré tout... je peux me tromper.

— J'en doute, confessa le marquis contre toute attente, et je vous conseille d'écouter Mlle King, messieurs. Elle s'y connaît trop bien en chevaux pour faire erreur.

Sur ces paroles, il tourna les talons et s'éloigna, laissant bouche bée derrière lui Peregrine et Charles.

— As-tu entendu ? s'exclama Peregrine au bout d'un long moment.

— J'ai entendu, répondit Charles, et peut-être aurions-nous intérêt à suivre son conseil.

— Mais... *Sailor* ! s'exclama Peregrine. Qui a jamais entendu parler de ce cheval ?

— Je vous en prie... je vous en prie... ne pariez pas, supplia Neoma. Nous n'en... nous n'en avons pas les moyens et si tu perds ton argent, Charles, nous en serons réduits à repartir sans donner de pourboires aux domestiques et tu sais quelle honte nous en ressentirions.

Charles haussa les épaules avant de lancer :

— Tu m'as conseillé de miser sur *Sailor* et le marquis aussi. Qui suis-je pour m'opposer à vos décisions ?

— Pourquoi Neoma s'y connaîtrait-elle ? intervint

Peregrine. Il est clair que le marquis n'a dit cela que par pure politesse.

— Par pure politesse ? répéta Charles. Le marquis ? L'as-tu jamais entendu parler ainsi ?

— Je ne l'avais jamais entendu dire quoi que ce fût avant l'autre soir.

— Enfin ! Tu connais sa réputation au *White's* ?

— Oui, mais, tout de même...

Charles avait pris sa décision :

— C'est mon argent et je vais faire ce que l'on m'a dit de faire !

— Ne parie pas tout ! Je t'en conjure ! Ne parie pas tout ! supplia Neoma.

— Fort bien, concéda Charles, la moitié seulement ! Si nous perdons, le reste nous ramènera chez nous.

— Voilà qui est plus raisonnable, convint Neoma.

Charles s'éloigna pour se perdre dans la foule et Peregrine, en colère, se tourna vers sa sœur.

— Tu veux mon avis ? Tu t'es rendue ridicule ! Avec *Diamant*, au moins, nous avions une chance d'arrondir notre petit pécule. Le marquis va bien rire à l'arrivée.

Neoma ne soufflait mot. Elle comprenait ce que ressentait Peregrine, mais sa profonde conviction demeurait inchangée.

Soudain, un cri retentit :

— Ils sont partis !

En hâte, Peregrine entraîna Neoma vers le bord de la piste et ils trouvèrent une place près du poteau d'arrivée.

Tendue, la jeune fille se prépara mentalement à suivre la course, mais ils apprirent, quelques minutes plus tard, que c'était un faux départ : on avait rappelé les chevaux.

— Ne t'emballe pas ! conseilla Peregrine. J'ai entendu dire qu'il y avait parfois jusqu'à vingt faux départs avant le début de la véritable course.

— Je ne crois pas que je pourrais le supporter ! avoua Neoma.

Elle avait parlé avec une telle véhémence que Peregrine se prit subitement à sourire et glissa son bras sous celui de sa sœur.

— Courage ! lança-t-il. Une fois qu'ils seront vraiment partis, tout sera joué en moins de trois minutes. Hier soir, quelqu'un a dit que le derby signifiait : « L'immortalité pour un cheval, en deux minutes et quarante-cinq secondes ! »

Il n'en resta pas moins qu'un siècle parut s'écouler avant que ne jaillisse enfin une clameur de la foule. Neoma comprit que le drapeau était tombé et le peloton parti.

Elle avait entendu le fracas des sabots des chevaux avant même de les voir déboucher de Tottenham Corner : alors elle retint son souffle.

Maintenant elle allait savoir si elle avait eu raison ou tort, et elle se surprit à prier d'avoir vu juste, dans leur intérêt à tous !

4

— Comment le savais-tu ? Comment avais-tu deviné ?

Peregrine n'arrêtait pas de répéter les mêmes questions et Charles quand il revint béat d'aise et le sourire aux lèvres se mit également de la partie.

Neoma était obligée de répondre qu'elle n'avait aucune explication satisfaisante à fournir sur son pressentiment au sujet de *Diamant* et de *Sailor*.

— Enfin ! Du moins rentrerons-nous à Londres les poches pleines ! conclut Charles, visiblement ravi.

— Je compte retrouver Londres avec autre chose encore dans mes poches... et bien plus important ! répliqua Peregrine.

Charles et Neoma se sentirent tous deux gênés d'avoir momentanément oublié, suspendu au-dessus de leurs têtes comme l'épée de Damoclès, le billet à ordre de deux mille livres.

Comme ils tournaient les talons pour s'éloigner du poteau d'arrivée et regagner la diligence, Neoma les supplia :

— Promettez-moi d'être discrets et de ne parler à personne... de ce qui est arrivé.

— C'est facile, assura Peregrine. Nous avons tout intérêt à nous taire. Personne ne serait enchanté d'apprendre que nous avons gagné alors que tout le monde, sans exception, a misé sur *Diamant*.

— Le marquis est au courant, fit remarquer Charles.

— Nous pouvons difficilement lui demander de garder le silence, répondit Peregrine, mais peut-être aura-t-il le bon goût de le faire.

Neoma se mit en devoir de faire une courte prière. Elle demandait qu'à leur retour les autres ne leur reprochent pas de ne pas leur avoir confié que *Sailor* était susceptible de gagner.

Quand ils regagnèrent la diligence, sur le point de quitter le champ de courses, une atmosphère de tristesse régnait sur la compagnie.

A l'aller, le marquis avait annoncé son intention de repartir tout de suite après le Grand Prix du derby. En effet, en tardant davantage, on trouverait la route si embouteillée qu'il faudrait peut-être des heures pour regagner Syth.

Et pourtant, il s'avéra très difficile, même pour un

conducteur aussi expérimenté que le marquis, de manœuvrer à travers une circulation intense et parmi les turfistes à pied qui s'éloignaient péniblement de la colline.

Toutes les auberges étaient pleines à craquer de gens en quête d'un remontant avant d'entreprendre le long voyage de retour vers Londres.

En clair, cela signifiait que, devant toutes les auberges, circulaient sur la route de joyeux ou tristes drilles qui gênaient le pas des chevaux ou de quiconque s'éloignait de la foule immense massée sur la colline.

Le nombre d'enfants en haillons semblait plus grand que jamais et certains étaient si maigres, si décharnés, que Neoma aurait donné n'importe quoi pour être en mesure de leur donner à tous un festin comme celui offert, à l'heure du déjeuner, aux invités du marquis.

Par ailleurs, elle entendait ces derniers se récrier d'admiration sur le confort et les commodités de la nouvelle tribune. L'un d'eux disait :

— J'ai visité les lieux et je dois reconnaître que tout à été prévu à la perfection, surtout au buffet.

— Voulez-vous dire que l'on peut effectivement manger sur place, à la tribune ? lui demanda une voix.

— Il y a tout ce qu'il faut pour vous mettre en appétit, répondit la première voix. Des douzaines de rôtis tournaient sur leurs broches devant un feu d'enfer. On m'a affirmé que les traiteurs avaient livré cent trente gigots et soixante-cinq selles d'agneau, cent aloyaux de bœuf, sans compter quatre cents homards et une quantité innombrable de victuailles.

Neoma mourait d'envie de demander ce qu'il adviendrait des restes et si les enfants mendiants avaient une chance d'en recevoir une partie, mais elle était trop timide.

De plus, elle veillait à ne pas attirer l'attention, craignant que le marquis ne raconte qu'elle avait été la seule de toute la compagnie à ne pas être convaincue que *Diamant* ramènerait à Syth la coupe du derby.

Entendant Vicky Vale et les autres femmes de l'assistance témoigner leur sympathie au marquis, Neoma retint sa respiration, anxieuse de savoir s'il leur rapporterait sa conversation avec elle. Mais ce dernier semblait absorbé par la conduite de l'attelage et ne guère accorder d'attention à qui que ce soit.

Côté messieurs, tout le monde pestait et grognait de mécontentement et de déception.

— C'est la pire journée de derby que j'aie vécue ! était en train de maugréer lord Dadchett. Elle m'a coûté les yeux de la tête !

— A moi elle a coûté beaucoup plus que cela, fit en écho le député qui, la veille, était assis à côté de Neoma.

Celle-ci était bien aise de constater que, déçu par la performance du cheval de leur hôte, lord Dadchett en oubliait de lui faire la moindre avance, comme il avait essayé de le faire à l'aller.

La plupart des hommes s'étaient groupés pour discuter de leurs pertes, pendant que les femmes occupaient les bancs derrière celui où était installée Neoma.

— Je pense qu'il me faut dire adieu au collier que j'espérais bien me voir offrir par Henry ! se plaignait l'une d'elles.

— J'aurai de la chance si on me paie mon loyer ! lança une autre. En ce qui concerne Sa Seigneurie, aujourd'hui n'est que le plus mauvais jour d'une longue série de pertes !

— Je t'ai dit, Lotty, de te chercher quelqu'un d'autre, fit remarquer une voix.

Lotty bâilla.

— J'imagine qu'il faudra en arriver là. Mais j'me suis habituée à mon vieux et il est très généreux, quand il a de quoi l'être.

Neoma, qui suivait leur conversation, ne comprenait pas qu'elles puissent s'attendre à tant de libéralités de la part de leurs compagnons.

Elle se rappela alors la réplique d'Avril, lui disant qu'elle s'occuperait elle-même de l'argent de Charles et Neoma en fut encore plus désorientée : le mystère s'épaississait !

Elle n'avait pas oublié non plus la repartie de Peregrine déclarant que, même s'il avait eu, parmi ses relations, un femme susceptible de partager avec lui l'invitation du marquis, il n'aurait pas eu les moyens de la payer.

Neoma trouvait ahurissant que des femmes connaissant les conditions, princières à ses yeux, dans lesquelles elles allaient être reçues, s'attendent en outre à recevoir des bijoux et de l'argent.

Après y avoir réfléchi, elle s'expliqua ainsi cette attitude : la majorité des invitées étant des actrices, il était probable qu'éloignées de Londres, elles perdaient les cachets qu'elles auraient touchés au théâtre. Evidemment ! C'était là l'explication ! Mais, se dit Neoma, quelles actrices devaient-elles être pour percevoir des cachets équivalents à une rivière de diamants ou au loyer d'un hôtel particulier !

Toutefois, elle était parfaitement ignorante sur ce chapitre. Peut-être les actrices gagnaient-elles des centaines de livres par semaine !

Elle se rappelait avoir lu dans des magazines qu'on donnait pour des célébrités comme Mme Siddons des représentations à bénéfice. Son père lui avait expliqué qu'à cette occasion on versait intégralement le produit de la vente des billets du spectacle à l'acteur ou à l'actrice en l'honneur de qui avait été organisée la soirée.

Il était donc évident que ces femmes qui devisaient derrière elle étaient des actrices d'une certaine notoriété. Neoma se promit de faire tout pour connaître leurs noms afin, même si Peregrine ne pouvait l'emmener au théâtre, de pouvoir suivre leurs carrières respectives en lisant la rubrique théâtrale des journaux.

Une fois à la maison, se disait Neoma, elle aurait bien l'occasion d'évoquer cette partie de campagne devant Peregrine qui pourrait alors lui donner toutes les explications nécessaires !

Le plus incompréhensible, c'était le marquis lui-même.

Elle le croyait toujours en colère contre elle pour s'être montrée si directe en lui demandant les raisons de sa conduite.

Avec le recul, elle comprenait que sa question, non seulement était indiscrète, mais pouvait entraîner des conséquences fâcheuses pour Peregrine.

Peut-être devait-elle se montrer très polie et se faire toute petite pour se racheter ! Elle réfléchit ensuite qu'il était peu probable qu'elle trouve une nouvelle occasion de s'entretenir en tête-à-tête avec le marquis, comme elle avait pu le faire le matin même.

Elle se demanda si elle aurait jamais la chance de monter une autre fois en compagnie de son hôte, puis elle décida qu'il n'y tenait certainement pas, après ce qu'il avait nommé la « franchise » dont elle avait fait preuve.

Elle s'étonna d'avoir pu être aussi idiote.

Mais Neoma se rasséréna ensuite à la pensée que cela n'avait aucune importance : elle et Peregrine repartiraient dès le lendemain et de sa vie elle ne reverrait le marquis.

A moins que, évidemment...

Elle interrompit le fil de ces pensées qui lui faisaient peur.

Et s'ils n'arrivaient pas à retrouver le billet à ordre ? Et si Peregrine, dans l'impossibilité de réunir la somme due, était obligé de s'humilier jusqu'à offrir au marquis le manoir en paiement ?

Si on en arrivait à cette extrémité, serait-elle dans l'obligation d'aller, à genoux, le supplier de lui laisser quelques souvenirs ayant appartenu à sa mère, ceux dont elle ne pourrait supporter d'être séparée ?

« Oh ! Pourquoi ? songeait-elle, pourquoi sommes-nous dans cette situation effroyable ? »

Elle connaissait la réponse : son père avait été vraiment très négligent avec leur patrimoine et, en outre, on avait élevé Peregrine dans le goût du luxe.

Elle poussa involontairement un soupir et Charles, en s'asseyant à ses côtés, lui fit cette remarque :

— Tu as l'air bien triste !

Avant que Neoma ait pu s'expliquer, Avril, qui s'était installée à la gauche de Charles, lança avec humeur :

— Elle a de quoi être triste ! Tout comme moi ! Pourquoi ce stupide cheval du marquis n'a-t-il pas gagné, comme tout le monde l'avait annoncé ?

Avril avait haussé le ton et Charles, jetant un coup d'œil embarrassé vers le dos de leur hôte, lui fit observer :

— Prends garde ! Je ne crois pas que Sa Seigneurie soit, elle non plus, tellement heureuse de rentrer perdante.

— Mais qu'est-ce qui s'est passé avec ce cheval ? s'enquit Avril.

— Tout simplement, le favori n'a pas été assez

rapide et il s'est fait coiffer au poteau par *Sailor*, répondit Charles.

— Eh bien ! En ce qui me concerne, c'est bien dommage que je ne connaisse pas le propriétaire de *Sailor* ! laissa-t-elle tomber d'un ton brusque.

Neoma crut qu'Avril essayait délibérément d'être désagréable avec Charles.

Ils atteignirent la propriété et, tout le long de l'allée, Neoma ne put penser à rien d'autre qu'à la beauté de ce château qui lui tendait les bras.

Elle se reprit à se demander comment le marquis pouvait posséder pareil chef-d'œuvre d'harmonie et le remplir de gens non seulement indignes d'un tel décor mais de plus incapables de l'apprécier.

Avait-elle jamais vu, depuis leur arrivée à Syth, un seul invité du marquis admirer les tableaux, les statues ou le sublime mobilier ?

Cette pensée en amena une autre qui la combla de joie : étant donné l'heure du retour, elle aurait tout le temps, avant le dîner, de visiter d'autres parties du château.

Elle était tellement surexcitée par cette perspective qu'elle courut à sa chambre déposer gants et chapeau puis, bien décidée à ne laisser personne contrarier son projet, fila comme l'éclair vers le bureau de M. Greystone.

Il était en train d'écrire, penché sur son bureau, mais il leva les yeux et sourit à l'arrivée de Neoma.

— Nous sommes de retour, monsieur Greystone ! annonça-t-elle hors d'haleine. Avez-vous le temps de me faire visiter le restant du château ?

Elle avait dans les yeux une lueur inquiète qui n'échappa pas à M. Greystone.

— Les affaires de Sa Seigneurie devront attendre, mademoiselle King, répondit-il. Nous allons reprendre notre exploration là où nous l'avions interrompue.

— Oh ! Merci ! Merci ! s'écria Neoma.

Il ne faisait pas l'ombre d'un doute que M. Greystone non seulement aimait le château — Neoma avait appris qu'il y travaillait depuis bientôt vingt ans — mais en connaissait chaque détail.

Il lui fit admirer la magnifique salle ornée, depuis 1705, de fresques de James Thornhill, avant de la conduire dans le salon de musique et la chambre d'apparat où le régent avait couché l'année précédente, lors de son séjour à Syth.

— Le marquis était-il heureux de l'avoir comme invité ? s'enquit Neoma.

M. Greystone hésita, puis il répondit :

— Sa Seigneurie n'avait pas invité Son Altesse royale. C'est le régent qui a insisté pour venir à Syth. C'était son troisième séjour.

— Je me suis laissé dire que vos trésors le rendent vert de jalousie.

— Je crois que c'est la vérité et j'ai l'impression qu'il essaie, dans certains domaines, de nous surpasser dans la décoration de ses propres résidences.

— Cela doit s'avérer excessivement difficile, sourit Neoma.

Elle était en train de contempler, dans la chambre à coucher d'apparat, le colossal lit à colonnes avec son baldaquin sculpté et le fantastique plafond représentant l'aurore chassant la nuit, les paysages champêtres peints sur les voûtes et les groupes de personnages figurant dans les encoignures.

Tout était tellement ravissant qu'elle ajouta :

— Le simple fait de regarder ce plafond est une merveilleuse expérience.

— C'est une expérience que j'éprouve à propos de beaucoup de choses à Syth, approuva M. Greystone.

— J'ai épuisé ma liste de superlatifs pour exprimer mon admiration, avoua Neoma.

Une voix, qui n'était pas celle de M. Greystone, répondit :

— En ce cas, veuillez me permettre de vous en fournir quelques-uns.

Neoma sursauta et, se retournant, découvrit la présence de lord Dadchett dans la pièce. Elle le regarda, non sans appréhension, et l'entendit annoncer à M. Greystone :

— Je suis désolé de devoir interrompre ce qui est, j'en suis certain, une visite remarquablement commentée, mais Sa Seigneurie vous demande sur-le-champ à la bibliothèque.

M. Greystone parut hésiter à s'exécuter et lord Dadchett, qui le regardait, répéta sèchement :

— J'ai dit : sur-le-champ !

Comme s'il acceptait l'inéluctable, M. Greystone s'inclina en disant à Neoma :

— Ayez l'obligeance de m'excuser, mademoiselle King. J'espère ne pas en avoir pour longtemps.

— Revenez vite ! lança Neoma. A moins que je ne vous accompagne ?

Elle s'avança vers la porte, mais lord Dadchett lui barra le passage.

— Vous n'êtes pas obligée de renoncer à votre visite, suggéra-t-il. Je ne demande pas mieux que de vous servir de guide. Je peux vous assurer que je connais fort bien Syth et je suis en mesure de vous renseigner sur tout.

— C'est très aimable à Votre Seigneurie, répondit Neoma. D'un autre côté, M. Greystone s'est montré tellement empressé que je préférerais ne pas le perdre.

— Greystone doit obéir à son maître ! lança lord Dadchett.

Pendant qu'il laissait tomber ces mots, Neoma se rendit compte que le conservateur avait déjà quitté les lieux.

Lord Dadchett la considéra avec un sourire sur ses lèvres épaisses.

— J'ai l'impression que vous cherchez à m'éviter, fit-il, mais je n'ai pas l'intention de vous permettre de le faire.

— Il se fait tard, s'empressa de répondre Neoma, et je crois que je devrais partir à la recherche de M. Standish.

— Votre ami se passe très bien de vous, répliqua lord Dadchett. Je l'ai laissé avec les autres invités en train de noyer dans l'alcool le chagrin que lui ont causé ses pertes aux courses.

Neoma espérait que Peregrine ne boirait pas trop, mais elle accueillit avec soulagement la confirmation que personne ne savait que son frère et Charles n'avaient rien perdu à l'occasion du derby.

— Voilà donc le champ libre, reprit lord Dadchett, le champ libre pour cette petite conversation à deux que vous m'avez promise.

— Je ne vous ai rien promis de la sorte ! rétorqua Neoma.

— Eh bien ! c'est moi qui me la suis promise et cela revient exactement au même. Je veux vous parler et je veux également beaucoup d'autres choses.

Il avait dans les yeux une expression qui éveilla des craintes chez Neoma. Celle-ci déclara :

— Je n'ai nulle envie de m'entretenir avec vous. Je veux poursuivre mon exploration du château et en particulier examiner les tableaux du hall.

Elle crut, en disant cela, manœuvrer habilement : dans le hall, il y avait des serviteurs et lord Dadchett n'oserait pas s'y montrer trop entreprenant.

La ficelle étant un peu grosse, Sa Seigneurie se mit à rire.

— Vous avez déjà regardé les tableaux du hall, argumenta-t-il. Laissez-moi plutôt vous faire visiter cette chambre-ci, et surtout son lit, d'un confort remarquable.

Lord Dadchett étendit le bras à la fin de ce discours et, bien que Neoma se déplaçât promptement pour l'éviter, il la saisit au poignet.

— Assez joué au chat et à la souris ! explosa-t-il. Concluons une trêve, car j'ai quelque chose d'important à vous dire.

— Lâchez-moi ! cria Neoma. Je n'apprécie pas du tout d'être retenue ici contre ma volonté !

— Je tiens absolument à vous garder ici, répondit lord Dadchett. Je veux aussi que vous m'écoutiez et je crois que c'est votre intérêt.

— Intérêt ? répéta Neoma d'un ton inquisiteur.

— Standish est trop jeune et, manifestement, trop pauvre pour vous donner tout ce que vous méritez, expliqua lord Dadchett. Je peux vous assurer que je serais un ami infiniment plus intéressant à tous les points de vue.

Pendant un moment, Neoma le regarda d'un air incrédule, incapable de bien comprendre ce qu'il était en train de suggérer.

Il ne lui en laissa d'ailleurs pas le temps : il l'attira vers lui et, avant qu'elle ait pu l'en empêcher, il la prit dans ses bras.

— Vous êtes très séduisante ! déclara-t-il. A la vérité, vous m'excitez comme je ne l'ai pas été depuis longtemps.

— Lâchez-moi ! cria à nouveau Neoma.

Après avoir hurlé ces paroles, elle comprit que lord Dadchett cherchait à l'embrasser et elle détourna brusquement la tête. Mais il la serrait si fort contre lui que Neoma ne pouvait plus bouger.

Tout à coup, avec un sentiment croissant de panique, elle comprit qu'il la retenait prisonnière et qu'en dépit de sa résistance, sa force à elle était impuissante devant la sienne.

Elle essaya de se débattre et il se mit à rire.

— Toujours envie de me résister ? demanda-t-il. Eh bien ! Voilà au moins de l'inédit ! Vous m'amuserez davantage encore lorsque vous capitulerez !

— Laissez-moi partir ! hurla Neoma.

Elle essaya de le repousser de toutes ses forces. Peine perdue : elle était toujours captive dans ses bras.

— Nous parlerons de cela après que vous m'aurez embrassé, riposta lord Dadchett.

A nouveau ses lèvres se rapprochèrent et Neoma rejeta violemment la tête en arrière pour les éviter.

Lord Dadchett se contenta de resserrer son étreinte. Neoma comprit qu'il l'attirait inexorablement vers lui, plus près, toujours plus près, et qu'elle n'y pouvait rien.

L'idée d'être embrassée par lui écœurait Neoma, la révoltait au point de lui faire pousser des cris, dans l'impossibilité où elle se trouvait de pouvoir faire autre chose.

Elle criait et criait encore. Mais on eût dit que ses efforts pour lui échapper ne servaient qu'à renforcer la détermination dont faisait preuve lord Dadchett et déjà, elle sentait ses lèvres sur sa joue.

A l'instant précis où elle mesurait dans son désespoir combien les minutes étaient comptées avant qu'il ne l'embrasse sur la bouche, une voix sèche retentit à la porte :

— Braconnage sur chasse gardée, George ?

Neoma sentit son cœur bondir dans sa poitrine et

sut que le marquis venait de la sauver, alors même qu'elle avait abandonné tout espoir.

Les bras de lord Dadchett relâchèrent leur étreinte et la jeune fille se dégagea dans un ultime effort désespéré. Elle se précipita au travers de la chambre et se jeta contre le marquis, se cramponnant à lui par pur soulagement.

Le marquis posa sur elle un bras protecteur et la sentit trembler contre lui pendant qu'elle cachait son visage contre son épaule.

Lord Dadchett, furieux, fit volte-face.

— Que diable venez-vous faire ici ? demanda-t-il.

— Je peux difficilement laisser hurler mes hôtes sans venir à leur secours ! répondit le marquis.

— Je ne me mêle pas de vos affaires, répliqua lord Dadchett, et je m'étonne que vous veniez vous mêler des miennes !

— Des vôtres ou de celles de Standish ? s'enquit le marquis.

Neoma se rendit compte, soudain, qu'elle s'agrippait au marquis. Mais du moins était-elle à présent débarrassée de lord Dadchett !

Elle s'arracha, non sans regret, au bras protecteur du marquis en balbutiant :

— Veuillez m'excuser... Puis-je... partir ? et... merci !

Sans attendre la réponse, elle quitta la pièce et, une fois dans le corridor, se mit à courir comme une folle vers sa chambre.

Dans la chambre d'apparat, le marquis, sans bouger d'un pouce, se contenta de signaler à lord Dadchett :

— Mon conservateur m'a assuré que vous lui aviez dit que je le demandais d'urgence, ce qui est faux.

— Bonté divine, Rosyth ! répliqua lord Dadchett;

s'il me prend une toquade pour une petite dévergondée que quelqu'un d'autre a amenée ici, en quoi cela diable vous concerne-t-il ?

— Il s'agit, en l'occurrence, d'une très jeune personne et celle-ci n'a manifestement aucune envie d'échanger la protection de Standish contre la vôtre.

— Elle comprendra vite où est son intérêt ! répondit lord Dadchett. Standish, de toute évidence, n'a pas d'argent et je suis tout à fait disposé à prendre en charge, dans les règles, cette jeune personne. Elle m'attire !

— J'imagine qu'elle a son mot à dire dans cette affaire ? riposta le marquis. Les hurlements que j'ai entendus en pénétrant dans cette pièce m'amènent à penser qu'elle n'est pas très désireuse de changer de partenaire.

— Je saurai la convaincre ! répliqua lord Dadchett, et ne vous en mêlez pas ! Vous avez Vicky ! Que voulez-vous de plus ?

Le marquis garda le silence un moment avant de donner ce conseil :

— Laissez Mlle King en paix pendant que vous serez sous mon toit ! Ce n'est pas une prière... c'est un ordre !

Lord Dadchett dévisagea le marquis d'un air incrédule avant de demander :

— Mais que diable vous arrive-t-il donc ? Vous êtes-vous jamais intéressé, que je sache, à ce qui se passe lors de vos parties fines, qui sont parfois — dois-je vous le rappeler — scandaleuses ?

Le marquis se contenta de répondre :

— Je vous ai prévenu... laissez cette jeune fille tranquille !

— Et si je n'obéis pas ? demanda lord Dadchett d'un air de défi.

— Je crois que vous trouveriez en moi un ennemi très déplaisant ! répondit le marquis.

Sur ce, il tourna les talons et sortit de la pièce.

Lord Dadchett le regarda s'éloigner, les yeux agrandis de stupeur.

Ce dernier essayait de mettre de l'ordre dans ses idées : bien sûr le marquis était une énigme mais cela n'expliquait pas pourquoi, dans ce cas particulier, il lui prenait l'envie de protéger cette jeune fille, inconnue, sans expérience, et tellement éloignée, à tout point de vue, de ce qu'il aimait chez de telles créatures.

En même temps, le ton péremptoire du marquis lui faisait comprendre que celui-ci entendait bien être obéi.

Il réfléchit qu'il n'avait nullement intérêt à contrarier le marquis. Mais, malgré tout, il n'avait pas l'intention de renoncer à sa proie.

« Dès que nous partirons de Syth, se dit-il, je parlerai à Standish. Je suis certain de pouvoir lui faire entendre raison. »

Cette idée agit comme un baume sur son amour-propre. En descendant l'escalier, il se raffermit dans sa détermination à poursuivre ce « joli brin de fille » qui l'attirait d'une manière inexplicable !

En arrivant dans sa chambre, Neoma tremblait toujours et son cœur battait violemment.

Jamais elle n'aurait pensé être, un jour, dans la situation de se mesurer à un homme, tout en ayant la conviction de ne pouvoir lui échapper.

Elle se rappelait avoir jugé lord Dadchett dangereux dès l'instant où elle avait posé les yeux sur lui et les mises en garde répétées de Peregrine lui revinrent à l'esprit.

Pouvait-elle imaginer, ne serait-ce qu'une seconde,

que cet homme la suivrait pendant sa visite du château et qu'il se débarrasserait de M. Greystone pour la mettre complètement à sa merci ?

Elle s'assit pour reprendre son souffle et trouver le moyen de se rassurer.

« Si seulement nous pouvions rentrer chez nous », pensa-t-elle.

Sachant que lord Dadchett assisterait au dîner, avec, peut-être, un nouveau stratagème pour se retrouver seul avec elle, Neoma se demanda comment faire pour échapper à cette soirée.

Elle se rappela son intention de lui faire admirer la galerie de peinture et elle frissonna à la pensée de ce qui aurait pu arriver si le marquis n'était pas apparu exactement au moment où tout semblait perdu.

« Je hais ce lord ! se dit-elle, et je déteste tous les gens de ce château ! Si seulement nous pouvions partir ! »

Une idée lui vint brusquement à l'esprit et quand, quinze minutes plus tard, Elsie se présenta pour lui préparer un bain et sortir ses affaires pour la soirée, elle envoya la femme de chambre chercher la gouvernante.

Quand celle-ci arriva, froufroutante dans sa robe de soie noire, Neoma lui déclara :

— Je suis désolée de vous déranger, mais je me demandais s'il me serait possible de dîner dans ma chambre ce soir ? J'ai un peu mal à la tête après cette chaleur et cette journée passée aux courses. Mais je ne voudrais gêner personne en ne descendant pas !

— Je suis certaine que Sa Seigneurie comprendra, répondit la gouvernante. Rien de plus facile, mademoiselle, que de vous faire monter un plateau. Je vais aller donner des ordres pendant qu'Elsie préparera votre bain.

— Merci infiniment, répondit Neoma. Vous êtes sûre que cela ne posera aucun problème ?

— Ecoutez, mademoiselle, surtout ne vous inquiétez de rien, répliqua la gouvernante sur un ton inhabituellement cordial. Mettez-vous au lit et laissez-moi m'occuper de tout.

— Merci encore, fit Neoma.

Après le départ de la gouvernante, elle s'assit devant son secrétaire et écrivit à la hâte un mot pour Peregrine.

Neoma sentait que ce serait une erreur de lui raconter ce qui s'était passé avec lord Dadchett et le marquis. Elle se contenta de lui faire savoir qu'elle avait la migraine et aucune envie de descendre pour assister à un dîner comme celui de la veille.

Elle le conjura de ne pas trop boire, signa et ajouta ce post-scriptum :

Détruis cette lettre dès que tu en auras pris connaissance.

C'était là une sage précaution, car les serviteurs pouvaient trouver cette missive et s'étonner, peut-être, qu'elle ait adressé ce genre de billet à un jeune homme.

Elle cacheta son pli à la cire puis, après s'être assurée qu'Elsie était toujours dans le dressing-room à préparer le bain, elle ouvrit la porte de communication et jeta le mot chez Peregrine.

« Son valet de chambre le trouvera, pensa-t-elle, et le posera sur la table de toilette. »

Ensuite, soulagée de ne pas avoir à subir un second dîner aussi épouvantable que le précédent, elle se déshabilla et prit son bain.

On lui servit un délicieux repas. Après avoir mangé beaucoup plus que n'était censée le faire une jeune fille affligée d'un mal de tête, Neoma comprit qu'elle était en réalité épuisée.

Toutefois, quand la gouvernante lui rendit visite, elle ne put résister à l'envie de lui demander de la lecture.

— Vous voulez des livres, mademoiselle ?

— J'aimerais simplement lire un peu avant de m'endormir, expliqua Neoma. Mais je ne voudrais pas vous déranger.

— Cela ne me dérange pas du tout, mademoiselle, répliqua la gouvernante, mais il est rare que les invités de Sa Seigneurie demandent des livres.

— Je consacre à la lecture une bonne partie de mon temps, répondit Neoma, et je suis certaine qu'une demeure comme celle-ci renferme des ouvrages merveilleux. M. Greystone a promis de me montrer la bibliothèque, mais je voulais d'abord voir les salons d'apparat.

— Eh bien ! vous ne serez pas déçue ! déclara la gouvernante. La bibliothèque est une des plus belles pièces du château et je ne crois pas me tromper en affirmant qu'elle contient plus de vingt mille volumes.

— Vingt mille ! s'exclama Neoma. Je voudrais les lire tous !

— Il vous faudrait pour cela passer ici le reste de votre vie, mademoiselle.

— Puisque c'est impossible, je me contenterai d'un seul, rétorqua Neoma avec un sourire.

— Il y en a plus que cela à notre étage, fit remarquer la gouvernante. Mettez-vous au lit, mademoiselle, et je vous en apporterai quelques-uns.

Elle sortit dans un froufrou de jupes et revint de même, les bras chargés de livres. Neoma, surexcitée, se redressa sur son lit.

— Comme vous êtes gentille ! s'exclama-t-elle.

La gouvernante posa les livres sur une table de chevet et confessa :

— Pour vous dire toute la vérité, mademoiselle,

ces livres proviennent du salon privé de Sa Seigneurie. Son valet de chambre m'a permis de les emprunter.

— Cela ne contrariera pas le marquis ? demanda Neoma avec appréhension.

— Les volumes auront retrouvé leur place quand Sa Seigneurie en aura besoin, répondit la gouvernante. Pour l'instant, délectez-vous-en, mademoiselle. J'espère que mon choix saura vous plaire.

— J'en suis certaine, répliqua Neoma et, encore une fois, je vous remercie infiniment.

Quand la gouvernante se fut retirée, Neoma examina les livres avec intérêt. Ceux-ci dévoilaient un aspect du marquis que n'avait pas soupçonné Neoma. *Thoughts on the Present Discontents* (1) d'Edmund Burke l'étonna, car elle ne pensait pas que le marquis s'intéressait à la politique. Les livres suivants étaient *Of Marriage and the Single Life* (2) de Francis Bacon et, plus surprenant encore, trois recueils de poésie.

Elle choisit les poèmes de William Cowper, qu'elle lisait depuis l'enfance. A cette époque, elle avait appris *John Gilpin* par cœur pour le réciter à ses parents.

En tournant les pages, elle remarqua que le marquis avait souligné quelques vers. Ainsi le marquis aimait donc la poésie ! Mais pour quelle raison avait-il souligné ces deux vers :

> *I was a stricken deer, that left the herd*
> *Long since.* (3)

« Quels échos cela peut-il bien éveiller en lui ? » se demanda-t-elle.

(1) Réflexions sur le malaise social.
(1) Du mariage et du célibat.
(3) J'étais un cerf blessé,
Depuis longtemps loin de la harde.

Il était difficile d'imaginer quelqu'un de moins blessé que lui ou de moins isolé du troupeau : manifestement, il en faisait bien partie.

Poursuivant ses investigations si révélatrices, Neoma choisit un second ouvrage : les poésies de John Dryden dans lequel elle retrouva plusieurs de ses vieux poèmes favoris. Pleine de curiosité, elle ouvrit un autre volume.

C'était encore des vers. Elle avait lu et aimé les poèmes de John Donne, avertie d'ailleurs par sa mère que certains avaient été composés à une époque où le poète menait une vie dissolue.

Elle retrouva de nouveaux vers cochés par le marquis :

Wilt thou forgive that sin by which I've won
Others to sin, and made my sin their door ? (1)

« Quel sens donne-t-il à cela ? » se demanda-t-elle.

Pouvait-il vraiment avoir conscience de pécher et, aussi, d'entraîner d'autres personnes dans sa perdition ? Comment le croire !

Sur une autre page, elle trouva souligné :

I am two fools, I know
For loving, and for saying so. (2)

Neoma reposa le livre et se demanda de qui avait été amoureux le marquis. Etait-ce d'une très belle femme ?

Il était difficile de l'imaginer amoureux selon l'idée qu'elle se faisait de l'amour : quelque chose d'extatique, de merveilleux et de sacré, parce que l'amour vient de Dieu.

(1) Pardonneras-tu ce péché,
Instrument du péché des autres ?

(2) Je suis doublement fou, je le sais trop,
D'abord d'aimer, et, surtout, de le dire.

Elle pouvait se rappeler avec netteté le visage du marquis, ses yeux pleins de mépris, ses lèvres au rictus cynique. Pourtant, pendant leur chevauchée, il lui avait paru différent — ou l'avait-elle simplement imaginé ?

Le jour déclinait. Elsie entra pour fermer les rideaux et allumer les bougies placées près du lit, de même que les grands candélabres en porcelaine de Saxe qui flanquaient la coiffeuse.

— Je n'ai pas besoin de toute cette lumière, fit remarquer Neoma, les bougies coûtent cher.

Elsie se mit à rire.

— Vous ne devriez pas dire cela dans cette maison, mademoiselle !

— Pourquoi donc ?

— Parce que Sa Seigneurie insiste pour que l'on allume dans toutes les pièces, qu'elles soient occupées ou non !

— Dans toutes les pièces ? répéta Neoma avec ahurissement.

— Oui, mademoiselle. Sa Seigneurie proclame avoir horreur des ténèbres, des pièces vides et noires, et aime rentrer chez elle en trouvant toutes les fenêtres illuminées.

— C'est la chose la plus surprenante que j'aie jamais entendue ! s'exclama Neoma.

— C'est bien ce que je pense, mademoiselle, mais si Sa Seigneurie peut se le permettre... Pourquoi ne ferait-elle pas ce qu'elle désire ?

— Pourquoi pas, en effet ! reconnut Neoma avec un sourire.

Elsie poussa un petit soupir avant d'ajouter :

— Cela vous semble étrange à vous, mademoiselle, d'avoir des pièces toutes illuminées alors que personne ne les habite, mais pour notre part nous y sommes habitués. Au moins, nous n'avons jamais peur des fantômes et des recoins hantés !

— C'est sûrement une bénédiction pour vous !

— Bonne nuit, mademoiselle ! lança Elsie en se dirigeant vers la porte.

Elle hésita sur le seuil et ajouta :

— Excusez-moi, mademoiselle, mais, à votre place, je fermerais ma porte à clef. Ainsi, vous pourrez dormir sans être dérangée.

Neoma, surprise, la regarda.

L'idée lui traversa l'esprit que la femme de chambre essayait de la mettre en garde contre quelqu'un comme lord Dadchett. A supposer que...

Apeurée, Neoma sauta vite hors du lit et verrouilla la porte qui donnait sur le corridor. Elle se demanda ensuite si elle devait également mettre le verrou sur la porte de communication avec la chambre de Peregrine.

« Je suis certaine que personne ne passerait par là », se rassura-t-elle.

Se sentant hors de danger, en sécurité, elle se recoucha et reprit le recueil des poèmes de John Donne.

Elle tomba sur des vers soulignés d'un double trait :

And swear
No where
Lives a woman true and fair. (1)

Neoma relut ces vers à plusieurs reprises avant de se dire que se cachait là, peut-être, ce qui lui paraissait si mystérieux chez le marquis.

« Que nulle part n'existe une belle qui soit fidèle. »

Etait-ce la conclusion à laquelle il était arrivé par

(1) Et je jure
Que nulle part
N'existe une belle qui soit fidèle.

expérience personnelle ? Etait-ce la raison pour laquelle il était aussi cynique ?

Elle sentit qu'elle n'aurait jamais la réponse à ces questions et cela la déprima un peu.

Finalement, en soufflant les bougies avant de se préparer au sommeil, elle décida de prier pour le marquis, comme elle priait pour Peregrine et Charles : ne lui avait-il pas témoigné de la bienveillance en la sauvant des entreprises de lord Dadchett ?

Peut-être était-ce une impertinence à l'égard du marquis, lui toujours si impérieux, si « collet monté ». Il n'avait besoin de l'aide de quiconque, de celle de Neoma moins que d'une autre.

Et pourtant, les mots qu'il avait soulignés le faisaient paraître un peu plus humain.

« Que nulle part n'existe une belle qui soit fidèle. »

Qui l'avait trompé ? pour quelle raison ? Avait-il, un jour, rencontré une femme infidèle ?

Encore une fois, elle était dans l'incapacité de répondre à ces questions et elle s'endormit en pensant au marquis.

Neoma se réveilla en sursaut : quelqu'un frappait à sa porte. Elle redouta un instant que ce ne soit... Mais elle s'aperçut que le jour était levé et comprit qu'il devait s'agir d'Elsie.

Elle sauta à bas de son lit et ouvrit la porte en disant :

— Bonjour, Elsie !

— Bonjour, mademoiselle ! Je suis désolée de vous réveiller si tôt, mais c'est Sa Seigneurie qui m'a demandé de le faire.

— Le marquis ? s'étonna Neoma.

— Oui, mademoiselle. Sa Seigneurie a pensé que vous auriez peut-être envie de monter en sa compagnie et m'a priée de vous dire qu'elle partait dans une demi-heure.

— Bien sûr que j'ai envie de monter ! s'exclama Neoma, le visage rayonnant de joie.

Elsie traversa la pièce, pour aller tirer les rideaux, tout en disant :

— Hier au soir, Mme Elverton m'a fait promettre, s'il était question de cheval ce matin, de vous demander, mademoiselle, si vous aimeriez emprunter une amazone. Il n'y a pas de jaquette avec cette jupe mais, comme il fait chaud, je ne crois pas que vous en ayez besoin.

— Avec plaisir, répondit Neoma. Comme c'est gentil à Mme Elverton d'y avoir pensé !

Neoma était déjà à demi vêtue quand Elsie revint avec une jupe de cheval en tissu léger et d'une teinte de bleu très seyante.

Elle était un peu trop large à la taille, mais Elsie y fit quelques points et, par-dessus une épaisse combinaison, Neoma jugea ce vêtement plus indiqué pour monter qu'une de ses robes, beaucoup trop fragiles.

Heureusement, elle avait emporté dans ses affaires un chemisier de mousseline, confectionné de ses propres mains. Comme elle n'avait pas de toque, elle se fit un chignon serré pour ne pas être décoiffée par le vent.

Puis, excitée au plus haut point — et plus qu'elle ne l'avait jamais été de sa vie — à la pensée de monter à nouveau sur un des pur-sang du marquis, elle descendit l'escalier en courant.

Son hôte l'attendait dans le hall et elle surprit un léger sourire sur ses lèvres quand il vit la façon dont elle était vêtue.

— Hélas ! je n'ai pas de coiffure convenable, s'excusa-t-elle, mais Mme Elverton a bien voulu me prêter cette jupe.

— A cette heure matinale, personne ne vous verra, répliqua le marquis, et j'ai pensé, comme vous vous étiez couchée de bonne heure, que cela ne vous dérangerait pas de vous faire réveiller si tôt.

Pendant qu'il parlait, Neoma lui jeta un rapide coup d'œil pour voir s'il était contrarié qu'elle ne soit pas descendue la veille à la salle à manger. Mais elle ne tenait pas à l'interroger à ce sujet et les chevaux attendaient devant la porte.

Il l'aida à se mettre en selle et ils partirent. Neoma était toute à l'ivresse de monter une aussi superbe bête et ne pensait à rien d'autre. Quel plaisir que de chevaucher de si bonne heure, avant le réveil des autres invités !

Ils galopèrent comme ils l'avaient fait le jour précédent et quand enfin ils firent ralentir leurs montures, le marquis déclara :

— Je n'ai jamais connu quelqu'un moins susceptible que vous de souffrir d'un mal de tête !

Neoma partit d'un petit éclat de rire.

— Je vois, milord, que vous êtes décidé à m'arracher des excuses.

— Au contraire ! Je pense sincèrement que vous avez été très sage d'agir comme vous l'avez fait, répliqua le marquis, mais c'est la première fois, si j'ai bonne mémoire, que quelqu'un se dérobe à dessein à mon hospitalité.

Neoma ne fit aucun commentaire et il poursuivit :

— Comme vous m'aviez déjà fait connaître très clairement ce que vous pensiez du dîner de la soirée précédente, je n'ai pas été surpris le moins du monde.

— Veuillez m'excuser... d'avoir été si... brutale... dans l'expression de ma pensée.

— Pas brutale, répliqua le marquis, seulement... un peu imprévisible. Vous sortez de l'ordinaire, mademoiselle King !

Avant que Neoma ait pu ouvrir la bouche, il ajouta :

— Je viens juste de m'apercevoir que je ne connais pas votre prénom. Puis-je l'apprendre ?

— Neoma !

Le marquis releva les sourcils avant de s'exclamer :

— « Rayon de lune ! » Pourquoi vous a-t-on donné ce prénom ?

Elle se mit à sourire.

— Sans doute devrais-je être surprise de constater que vous connaissez le grec ancien, mais je ne le suis pas.

— Pourquoi ?

— Parce que, la nuit dernière, j'ai parcouru quelques-uns des livres que vous aimez et j'y ai retrouvé ce que moi-même j'apprécie depuis mon enfance.

— Je crains de ne pas très bien comprendre, répliqua le marquis.

Neoma pensa soudain qu'elle était indiscrète, mais il était trop tard pour faire marche arrière.

— Si je vous explique... vous ne serez pas... fâché ?

— Tout dépendra de ce que j'apprendrai.

— En ce cas, je ferais mieux de me taire.

— Cela ressemble à du chantage ! repartit le marquis. Aussi vais-je capituler et vous promettre que je ne me fâcherai pas.

— Voilà ! commença Neoma. Hier au soir, pendant mon dîner, j'ai demandé à Mme Elverton de me procurer de la lecture. J'appris ainsi que vous possédiez vingt mille livres dans votre bibliothèque. J'en tirai la conclusion qu'un de plus ou un de moins ne changerait rien pour vous.

— Que vous a-t-elle apporté ? demanda le marquis.

— Plusieurs livres provenant, m'a-t-elle avoué, de

votre salon privé. J'ai surtout aimé relire John Donne, car je connais et admire sa poésie depuis de nombreuses années.

Le marquis ne répondit rien, aussi Neoma s'empressa-t-elle d'ajouter :

— Je vous en prie... vous ne devez pas en vouloir à Mme Elverton.

— Je ne suis pas fâché le moins du monde, répliqua le marquis. Seulement étonné. Qu'avez-vous lu d'autre ?

— Dryden ! J'ai tout de suite pensé qu'il était dans l'ordre des choses que vous aimiez ce poète.

— Pourquoi ? demanda le marquis.

Neoma songea un instant à ne pas répondre, puis, ne pouvant résister à l'envie de le taquiner un peu, elle récita :

The God-like hero sat
On his imperial throne. (1)

Un instant, elle crut percevoir un soupçon de colère dans les yeux du marquis mais, soudain, il se mit à rire.

— Est-ce ce dont j'ai l'air au bout de la table de la salle à manger ?

— Exactement !

Le marquis repartit d'un éclat de rire avant de répliquer :

— Vous avez oublié la suite du poème, ou peut-être vouliez-vous me donner un avertissement ?

— Dites !

Fallen from his high estate
And walt'ring in his blood...

(1) Le héros divin siégeait
Sur son trône impérial.

On the bare earth expos'd he lies,
With not a friend to close his eyes. (1)

— Cela ne vous arrivera jamais ! le rassura Neoma.

— Je l'espère bien ! Mais il se pourrait que vous soyez, de quelque obscure façon, en mesure de voir avec votre « troisième œil », tout comme, hier, vous aviez prévu que *Diamant* ne remporterait pas le derby.

— Vous avez été très affligé ?

— Seulement déçu.

— Naturellement... et je crains que vous n'ayez... perdu... beaucoup d'argent.

— Je ne parie jamais sur mes propres chevaux.

— Vous êtes sans doute le seul propriétaire à agir ainsi ?

— Je le crois ! Mais c'est une règle que je me suis imposée il y a longtemps. Je n'ai donc perdu que l'argent du Prix et, bien sûr, le prestige.

— Vous aurez plus de chance à l'avenir.

— Je l'espère ! Etes-vous en train de me prédire que je gagnerai un jour ?

— Je ne peux pas voir aussi loin, répondit Neoma, et, de toute façon, je ne ressentirai peut-être plus jamais... ce que j'ai ressenti hier.

— Aviez-vous déjà eu, dans le passé, ce genre de prémonition ?

— Une fois ou deux.

— Admettons que vous n'alliez aux courses que pour faire de l'argent, je me demande s'il vous serait possible de prévoir le gagnant.

(1) Tombé du haut de sa grandeur
Et baignant dans son sang...
Il gît exposé sur la terre nue,
Sans un seul ami pour lui fermer les yeux.

Neoma secoua la tête.

— Je suis certaine que cela ne marcherait pas.

En même temps, elle se dit que c'était peut-être là le moyen de gagner l'argent dont Peregrine avait un besoin si pressant. Mais tout aussitôt elle se convainquit de l'absurdité de cette idée : non seulement cela ne marcherait jamais mais, de plus, comme son devoir était avant tout d'essayer de détourner Peregrine de toutes les formes de jeu, cela ne servirait qu'à l'encourager à jouer : elle n'oserait jamais prendre un tel risque !

— A quoi songez-vous ? demanda soudain le marquis.

— Aux jeux de hasard.

— Etes-vous tentée par les paris ?

— Non, bien sûr que non ! J'ai le jeu en horreur ! C'est malsain ! Si les gens veulent gagner de l'argent, ils n'ont qu'à travailler et non pas se contenter de gagner ou de perdre en retournant une carte !

Elle parlait avec tant de passion que le marquis lui fit observer :

— De toute évidence, le jeu éveille en vous des résonances très personnelles. Standish a-t-il pris des risques que vous ne pouvez admettre ?

Cette question cernait de trop près la vérité pour ne pas mettre Neoma mal à l'aise. Aussi s'empressa-t-elle de changer de sujet :

— Pouvons-nous galoper un peu ? J'aimerais sentir le vent sur mon visage et le voir chasser tous les nuages à l'horizon.

— Je crois qu'une fois encore vous tentez d'éluder ma question, fit remarquer le marquis.

Mais ils prirent de la vitesse et les chevaux galopèrent bientôt de concert.

La promenade prit fin beaucoup trop vite : déjà ils faisaient demi-tour pour rentrer.

« Je dois repartir sous peu, pensait Neoma, et je n'aurai plus jamais l'occasion de monter pareil cheval ni en compagnie d'un cavalier aussi accompli. »

En observant le marquis, elle se disait qu'il était impossible de voir un homme plus à l'aise que lui sur une selle : il faisait parfaitement corps avec sa monture. L'allure athlétique du cavalier semblait répondre à la pleine forme physique de l'étalon qu'il montait.

Les branches des arbres filtraient l'éclat du soleil et, dans le lointain, le lac miroitait sous ses rayons d'or.

Tout n'était que beauté, d'une beauté irrésistible qui dépassait en intensité tout ce qu'elle avait pu voir auparavant, et Neoma sentait tout son être y répondre.

— Jamais je n'oublierai ce spectacle ! s'exclama-t-elle, alors qu'elle croyait se parler à elle-même.

Elle avait toujours les yeux fixés sur Syth et le marquis suivit la direction de son regard. Puis il l'interpella :

— Vous en parlez comme si c'était déjà du passé.

— C'est ce que ce sera... demain.

— Aimeriez-vous l'empêcher ?

Elle lui adressa un sourire d'enfant.

— C'est comme... un merveilleux rêve... et l'on voudrait continuer à rêver toujours... parce que tout est tellement... parfait... semble appartenir à un autre monde... et pourtant... en même temps... on sait... c'est inévitable... qu'il faut se réveiller... revenir à la réalité.

Tout en parlant, elle se disait qu'elle vivait un rêve, qu'elle voyait un mirage, quelque chose qui allait s'évanouir, et qu'elle allait se réveiller, horrifiée de savoir Peregrine dans l'impossibilité de régler la dette de Charles.

« Je vais essayer de ne plus y penser pendant le trajet du retour au château », se dit-elle.

Mais il était trop tard.

Déjà les problèmes occupaient son esprit : c'était le dernier jour où pouvait se présenter une occasion de reprendre le billet à ordre et d'échapper ainsi au chagrin et au désespoir d'un avenir menaçant.

Elle eut soudain conscience que le marquis l'observait. Au bout d'un moment il lui demanda :

— Qu'est-ce qui vous tracasse ?

— Le réveil ! répondit-elle. Mon rêve... s'est envolé... je ne puis plus... le retenir.

— Cela arrive à chacun de nous ! répliqua cyniquement le marquis.

Neoma lui jeta un regard hésitant.

Brusquement, l'envie la prenait de lui avouer la vérité, de lui demander de comprendre. Mais elle pensa que ce serait là trahir Peregrine et qu'après cet aveu ils se retrouveraient dans une situation plus intenable encore.

Elle regarda Syth en songeant que deux mille livres étaient bien peu de chose pour son propriétaire. D'un côté, dans ce château, des bougies brûlant partout, de la vaisselle d'or sur la table de la salle à manger, des vins fins pour des gens qui ne les appréciaient même pas et, dans toutes les pièces, des trésors inestimables.

De l'autre, Peregrine, sans ressources, ne possédant qu'un invendable manoir en ruine mais, néanmoins, tenu, en vertu d'un code tacitement admis, de se mettre sur la paille pour un homme qui n'avait absolument pas besoin de son argent.

Les chevaux pressèrent un peu le pas et, pour Neoma, leurs sabots semblaient répéter inlassablement :

— Une dette... d'honneur... d'honneur... d'honneur...

5

Dès leur arrivée au château, Neoma s'empressa de monter dans sa chambre pour enlever sa jupe d'amazone.

Elsie était en train de boutonner sur elle une robe légère qu'elle avait choisie pour assister aux courses, quand on frappa.

Neoma comprit que les coups venaient de la porte qui séparait sa chambre de l'appartement de Peregrine et elle dit :

— Entrez !

Elle se demandait comment faire comprendre à la femme de chambre qu'elle désirait être seule. Mais Dieu merci ! Elsie avait l'habitude de ce genre de situation. Dès l'entrée de Peregrine, elle s'empara de la jupe que Neoma avait déposée sur une chaise et gagna le corridor.

Peregrine attendit qu'elle ait refermé la porte sur elle avant d'annoncer :

— Je dois te voir seule ! Nos plans sont changés !

— Changés ? questionna Neoma.

— Oui, répondit-il. Hier soir, sir Edmund Courtenay nous a priés, Charles et moi, de faire un séjour chez lui.

Devant l'étonnement de sa sœur, il expliqua :

— Sir Edmund est un pugiliste enragé et il organise un combat à poings nus dans sa propriété de Hatfield.

Il y avait une note d'impatience dans la voix de Peregrine, tandis qu'il poursuivait :

— Deux célèbres champions vont s'y affronter et il t'est facile d'imaginer combien ce sera extraordinaire.

Neoma connaissait la passion de Peregrine pour la boxe professionnelle. Mais leur mère ne pouvait supporter l'idée de deux hommes se battant à coups de poing, et on ne lui avait jamais permis de s'adonner à ce sport.

— Je comprends fort bien que tu veuilles assister à ce match, mon chéri, reconnut-elle, mais est-ce pour cela qu'il nous faut partir plus tôt que prévu ?

— Nous repartirons dès ce soir, déclara Peregrine, après les courses.

Il riait un peu quand il ajouta :

— Je ne crois pas que tu regretteras de manquer le dîner ! Hier au soir, les femmes se sont encore plus mal tenues que la veille.

Neoma aurait voulu répondre que cela lui paraissait tout à fait impossible, mais elle se contenta de demander :

— A quelle heure partirons-nous ?

— Dès notre retour des courses, répondit Peregrine. Si le marquis veut rentrer sitôt courue l'épreuve principale, ce qu'il fera sûrement, notre départ devrait se situer aux alentours de 17 heures.

— Et la voiture que tu as commandée pour revenir à Londres ?

— Courtenay nous a assuré qu'il nous ramènerait tous à Londres dans son landau, répliqua Peregrine. Charles et moi pousserons avec lui jusqu'à Hatfield tôt demain matin. Il s'agit d'une sortie de garçons, aussi ne peut-il être question de t'y faire inviter.

Cette nouvelle soulagea Neoma, mais l'expression de son cher Peregrine lui laissa entendre que celui-ci avait autre chose à lui annoncer.

— Est-ce tout ? demanda-t-elle.

Peregrine jeta un coup d'œil par-dessus son épaule, comme s'il avait craint une présence indiscrète, puis il murmura :

— Tu as ta chance !

— Que veux-tu dire ?

— Puisque tu avais la migraine hier soir, tu peux très bien dire, aujourd'hui, que tu ne te sens pas assez remise pour assister aux courses.

C'est profondément angoissée que Neoma attendit, les yeux fixés sur son frère.

— Charles a découvert l'endroit où le marquis range son argent — en tout cas son argent de poche — et le billet à ordre s'y trouvera sûrement lui aussi.

— Comment Charles l'a-t-il découvert ? s'enquit Neoma.

— Courtenay a demandé au marquis de lui encaisser un chèque de façon à garantir une mise lors d'une partie de cartes, et Charles lui a réclamé le même service.

Neoma poussa un petit cri.

— Il ne va pas se remettre à jouer ?

— A vrai dire, il a gagné hier au soir, répliqua Peregrine. Mais je l'avais mis en garde, avant qu'il ne commence à jouer.

— C'est parfaitement mon avis ! s'exclama Neoma d'un ton indigné. Comment peut-il être aussi imprudent ? Il aurait pu perdre tout ce qu'il avait gagné aux courses !

— C'est ce que je lui ai dit, reprit Peregrine, mais, faut-il l'avouer ? les excellents crus de la cave du marquis lui sont montés à la tête — ce qui est mon cas, à moi aussi ! — il faut bien le reconnaître.

— Oh, Peregrine ! comment pouvez-vous, tous les deux, être aussi insensés ? demanda Neoma.

En même temps lui vint la pensée que le marquis

était impardonnable de faire boire à ce point des jeunes gens comme Peregrine et Charles et de les encourager, ensuite, à jouer aux cartes.

Elle se rappela les vers du poème de John Donne soulignés par le marquis :

Pardonneras-tu ce péché,
Instrument du péché des autres ?

« C'est exactement ce qu'il fait, pensa-t-elle furieuse, quand il organise ces soirées de débauche et ces beuveries interminables qui se terminent à la table de jeu. »

« Je le hais ! » se dit-elle.

Mais elle le revoyait ensuite galopant à ses côtés. Avec quelle maestria il guidait son cheval ! Alors la jeune fille ne savait plus que penser.

— Continue de me raconter ton histoire, demanda-t-elle à Peregrine.

— Le marquis a prié Courtenay et Charles de le suivre dans le salon privé de son appartement qui se trouve à notre étage.

« C'est de là que provenaient les livres d'hier soir », pensa Neoma.

Devinant ce que son frère allait lui demander, tout son corps se raidit.

— Restée seule dans le château, poursuivit Peregrine, puisque tout le monde sera parti aux courses, il te suffira de te glisser dans le corridor et de chercher dans le secrétaire de ce petit salon. Charles m'a dit que l'argent se trouvait dans le tiroir du milieu.

Le silence tomba, puis Neoma demanda :

— Comment peux-tu... me demander... de commettre... pareille action ? Comment puis-je... moi... voler quelque chose au marquis ?

— Il faut bien que quelqu'un le fasse ! répliqua Peregrine. Tu sais qu'il ne me reste plus que trois jours pour trouver deux mille livres. Pour l'amour du ciel, Neoma ! comment puis-je autrement dénicher pareille somme ?

— Je sais... je sais !... balbutia-t-elle, pitoyable. Mais voler un hôte qui ne nous a témoigné... à sa façon... que gentillesse... paraît... parfaitement... et absolument... ignoble !

Peregrine tourna les talons, traversa la pièce et se planta devant la fenêtre.

— Deux mille livres ne sont rien pour le marquis, décréta Peregrine. Si je n'arrive pas à les trouver et qu'il refuse le manoir en paiement de ma dette, on m'enverra à Fleet !

— La prison pour dettes ? s'écria Neoma. Personne, même pas le marquis, n'oserait te traiter ainsi !

— Je suis absolument certain que cela ne le dérangerait pas le moins du monde, déclara Peregrine d'un ton amer. De toute façon, je serai obligé de donner ma démission du *White's*. Aucun autre club ne voudra m'accueillir et, acculé à une telle situation, comment crois-tu que je réagirai ?

Neoma n'était pas capable de répondre et, désespérée, elle pensa que Peregrine la poussait dans une impasse où elle serait dans l'obligation de lui obéir si elle voulait le sauver.

Elle respira profondément avant de murmurer, d'une voix à peine audible :

— Redis-moi... à quel endroit... Charles... a vu... l'argent.

Il n'y avait pas grand monde au rez-de-chaussée quand le frère et la sœur gagnèrent la petite salle à manger où les invités présents avaient tous l'air d'avoir passé une nuit éprouvante et, visiblement, en subissaient les conséquences.

Neoma expédia son petit déjeuner, trop préoccupée par ce qu'il lui fallait entreprendre pour pouvoir manger de bon appétit comme le matin précédent.

Pendant qu'ils regagnaient le hall, Peregrine lui souffla à voix basse :

— Je te suis reconnaissant, tu sais que je le suis ! Mais, pour l'amour de Dieu ! ne te fais pas prendre, sinon nous nous retrouverons dans une situation pire encore.

— Je serai prudente, promit Neoma.

En arrivant dans le hall, elle se rappela qu'il convenait de prévenir le marquis qu'elle ne se joindrait pas aux autres invités. Elle décida que c'était à Peregrine de se charger de cette formalité : il lui devait bien ça !

Après la chevauchée du matin, comment prétexter un nouveau mal de tête ! Neoma réfléchit ensuite que leur hôte pourrait en conclure, connaissant son mépris pour les autres femmes de la compagnie, qu'elle ne souhaitait plus se mêler à elles, préférant rester seule, peut-être pour s'adonner à la lecture.

Quand elle eut donné à Peregrine des instructions sur ce qu'il fallait dire, elle comprit, en remontant l'escalier pour se rendre à sa chambre, qu'il était providentiel que Mme Elverton, la veille, lui ait apporté les livres de chevet du marquis.

Elle pourrait les rapporter dans son petit salon et, en cas de rencontre, avoir grâce à eux une excuse pour justifier sa présence dans cette partie du château.

Dans le même temps, elle éprouva les contractions de son cœur à la seule pensée, non seulement de voler quelque chose au marquis, mais aussi de pénétrer dans ses appartements privés.

Toutefois, elle comprit qu'il lui faudrait attendre un bon moment pour éviter l'un des innombrables serviteurs qui semblaient être omniprésents.

Dès qu'elle entendit corner, signe que la diligence s'était engagée dans l'allée, elle descendit vivement l'escalier à la recherche de M. Greystone.

Avant de quitter sa chambre, elle avait appris un détail qui allait se révéler utile le moment venu :

— N'allez-vous pas aux courses, mademoiselle ? lui avait demandé Elsie, voyant qu'elle ne semblait pas pressée de mettre le chapeau qu'elle avait pris soin de sortir et de poser sur sa coiffeuse.

— Non, Elsie, avait répondu Neoma. Je crois que ce serait trop fatigant, car je dois rentrer à Londres dès ce soir et non pas demain matin comme je le croyais.

— Je pensais bien que vous alliez repartir aussi, mademoiselle, avait déclaré Elsie. Pendant que vous preniez votre petit déjeuner, le valet de chambre de M. Standish m'a appris que ce dernier voulait sa valise prête pour 17 heures.

— Et ma malle devra être bouclée à la même heure.

— Cela ne me prendra pas beaucoup de temps, mademoiselle, avait affirmé Elsie. Vous n'avez pas moitié autant d'affaires à emballer que les autres dames.

Neoma s'était abstenue de tout commentaire et la femme de chambre avait poursuivi :

— Ce matin, j'ai beaucoup à faire pour Mme Elverton, mais je ferai votre malle dès que j'aurai fini de déjeuner et ne vous inquiétez pas, mademoiselle, tout sera prêt à l'heure. Je ne laisserai dans la penderie que votre costume de voyage. Ainsi vous pourrez vous changer juste au dernier moment.

— Je vous remercie, avait dit Neoma.

Puis elle avait réfléchi un instant avant de demander :

— A quelle heure déjeunez-vous ?

— D'habitude, à midi, mademoiselle. Mais, quand le maître n'est pas là, nous mangeons plus tard. Le personnel des cuisines préfère qu'il en soit ainsi.

— Beaucoup plus tard ?

— A 13 heures, mademoiselle. Mais je serai dans votre chambre dès 14 heures. Ne vous inquiétez donc pas pour votre malle, elle sera prête à temps.

— J'en suis certaine, avait répondu Neoma avec un sourire.

Ainsi avait-elle appris ce qu'elle voulait savoir.

— Si j'en ai le temps, cet après-midi, avait ajouté Neoma, j'aimerais visiter les jardins. Auriez-vous l'amabilité de demander si je peux prendre mon déjeuner à 12 h 30.

— Je m'occuperai de cela, mademoiselle, et je pense, puisque vous serez seule, que vous préférerez le prendre dans la petite salle à manger ?

— Ce serait parfait, avait répondu Neoma.

Ensuite, ayant entendu corner, elle s'était empressée d'aller retrouver M. Greystone.

Elle passa la matinée à parcourir des salles merveilleuses dont la beauté la laissait muette d'admiration.

Elle savait qu'elle aurait pu, sans se lasser, passer des années à contempler les tableaux et les porcelaines des salons d'apparat.

La bibliothèque correspondait en tout point à la description que lui en avait faite Mme Elverton : longue et spacieuse, avec un plafond peint par Verrio.

M. Greystone lui apprit que l'immense table de lecture en acajou était l'œuvre du célèbre William Kent qui l'avait créée pour le marquis de Rosyth, troisième du nom.

Neoma apprécia de revoir vide de monde la grande salle à manger et d'être ainsi à même d'admirer à loisir les Van Dyck et les dessertes en bois doré recouvertes de marbre.

Il était midi passé quand M. Greystone lui annonça :

— Hélas ! Mademoiselle King, j'ai rendez-vous dans cinq minutes avec l'avoué de Sa Seigneurie. Si vous n'avez rien de mieux à faire cet après-midi, peut-être pourrais-je vous faire admirer d'autres salles ?

— Vous savez que je ne demanderais pas mieux, répondit Neoma, et je vous remercie pour tout ce que vous m'avez montré ce matin. Il m'est impossible d'exprimer toute mon admiration pour cette merveilleuse demeure.

— C'est un grand plaisir pour moi de la faire visiter à une personne qui l'apprécie autant, répliqua M. Greystone, et je serais déçu que vous repartiez avant d'avoir tout vu.

— Moi aussi, repartit Neoma. Puis-je passer à votre bureau à 14 heures ?

— Je vous y attendrai, promit le conservateur.

Il la quitta et Neoma se rendit au salon pour y attendre l'annonce que son repas était servi. Mais elle n'avait pas faim car, si délicieuse que fût la nourriture, Neoma ne cessait de penser à la mission dont elle était chargée. Tout son être se révoltait devant ce forfait.

Mais elle savait qu'elle aurait fait pire encore pour sauver Peregrine et, bien que voler fût à l'opposé de tous ses principes, elle n'avait pas le choix et devait accepter d'exécuter ce que son frère lui avait demandé.

Elle expédia le déjeuner et, l'oreille aux aguets, entendit enfin sonner une cloche dans le lointain : c'était l'heure, pour les serviteurs, de se rassembler dans l'aile est.

Au cours de sa visite en compagnie de M. Greystone, Neoma avait eu sous les yeux un plan du château. Elle savait donc exactement où était située la chambre du roi, celle-là même où dormait le marquis.

On l'avait dénommée ainsi à la suite du séjour à Syth de George II et, comme sa femme l'avait accompagné à cette occasion, la chambre de la reine était contiguë à celle occupée par le marquis.

Neoma ne put s'empêcher de se demander si Vicky Vale couchait actuellement dans cette chambre, en tant qu'invitée privilégiée du marquis.

Elle trouvait étrange qu'on ait installé, dans des chambres communicantes, les hommes à côté des femmes qu'ils avaient amenées avec eux.

Neoma se rappelait fort bien qu'au manoir, quand il y avait des invités, sa mère s'arrangeait toujours pour faire coucher les célibataires dans une partie de la maison et les femmes non mariées dans une autre.

Mais elle supposait que des gens qui se connaissaient bien préféraient se trouver assez près les uns des autres, et elle-même ne pouvait nier être ravie de savoir la chambre de Peregrine voisine de la sienne.

Elle remonta dans sa chambre pour s'assurer qu'Elsie ne s'y trouvait pas.

D'une main tremblante, malgré sa résolution d'être calme et courageuse, elle prit deux des livres que lui avait apportés Mme Elverton : l'Edmund Burke et le Francis Bacon.

Son cœur battait si fort quand elle parcourut le long corridor qui longeait les salons d'apparat pour aboutir, tout au bout du corps principal de logis, à la suite royale, qu'elle était certaine que n'importe qui, à ses côtés, l'aurait entendu cogner dans sa poitrine.

Un instant elle se demanda si le valet de chambre du marquis ne verrouillait pas l'accès à la suite royale pendant l'absence de son maître.

Mais elle réfléchit que c'était fort peu probable

dans une demeure où l'on ne craignait ni bandits ni voleurs, et encore moins parmi les invités du marquis.

C'est avec d'infinies précautions qu'elle ouvrit la porte qui, selon le plan, devait être celle du salon privé du marquis.

Elle ne s'était pas trompée et, en pénétrant dans la pièce, après avoir vivement refermé la porte, elle constata que sa splendeur ne décevait pas son attente.

Au centre trônait un monumental bureau, à dessus plat, dont les pieds et les poignées étaient en bronze ciselé et doré.

Il y avait également plusieurs bibliothèques, en dehors de quelques très beaux meubles que Neoma, en toute autre occasion, aurait pris le temps d'admirer. Mais elle n'avait qu'une seule préoccupation : retrouver le billet à ordre susceptible de ruiner complètement et irrévocablement la vie de Peregrine.

Elle posa les livres sur le bureau puis, lentement, parce qu'elle avait peur de l'acte qu'elle accomplissait, elle ouvrit le tiroir du milieu.

Comme l'avait dit Peregrine, elle put voir nombre de souverains disséminés un peu partout parmi plusieurs carnets, une foule de plumes à écrire et maints objets insignifiants.

En tirant le tiroir, Neoma aperçut deux chèques au milieu des pièces d'or.

Elle remarqua la signature de sir Charles Courtenay sur le premier et celle de Charles sur le second.

Elle les mit de côté et fouilla le fond du tiroir.

Elle sentit un morceau de papier et se prit à espérer. Mais, hélas ! elle n'y trouva que quelques notes se rapportant à des croisements de chevaux.

Maintenant elle commençait sérieusement à croire qu'en dépit des espoirs de Peregrine le billet à ordre n'était pas dans ce meuble.

Elle souleva les carnets, pensant — sait-on jamais ? — que le billet à ordre pouvait se trouver dessous. C'est en faisant ce geste qu'elle songea que celui de Peregrine ne serait pas le seul : il y en aurait vraisemblablement un certain nombre, tous les billets signés par les membres du *White's* qui avaient joué le soir où Charles avait gagné et perdu une fortune.

Elle trouva encore des souverains et trois couronnes d'argent, ces pièces dont son père disait toujours qu'elles faisaient problème, car leur poids finissait par percer les poches.

« Il doit être là ! Il doit être là quelque part ! » se répétait Neoma.

Elle avait fouillé à fond le tiroir et, pourtant, n'avait rien trouvé qui ressemblât à un billet à ordre.

Une idée la frappa : peut-être le marquis les avait-il rassemblés tous ensemble dans un autre tiroir ? Peregrine lui avait appris que leur hôte gagnait toujours. Peut-être possédait-il une grosse liasse de ces billets à ordre extorqués aux malchanceux qu'il plumait ?

Laissant ouvert le tiroir du milieu — comme si elle avait pensé que le billet à ordre pouvait miraculeusement s'y réfugier — elle ouvrit celui du dessus pour découvrir qu'il ne contenait que du papier à en-tête et des plumes d'oie.

Elle le referma et se mit à genoux pour ouvrir le tiroir suivant.

Là encore elle fut désappointée : celui-ci ne renfermait que des registres à reliure de cuir, la plupart frappés aux armes du marquis.

Neoma, désespérée, ouvrit le dernier tiroir.

« Il faut absolument, pensa-t-elle, que ce que je cherche se trouve là ! »

Elle découvrit un certain nombre de documents attachés ensemble : des actes notariés ? peut-être même des factures ?

Il y avait aussi quelques lettres et elle déplaça tout dans l'espoir de dénicher ce qu'elle cherchait.

Tout à coup, une voix retentit :

— Peut-être pourrais-je vous être utile ?

Si quelqu'un avait tiré un coup de revolver contre sa tempe, Neoma n'aurait pas été plus effrayée.

Un long moment, elle resta figée de stupeur.

Elle avait parfaitement reconnu la voix et elle souhaitait que le sol s'ouvre pour l'engloutir : elle souhaitait mourir !

— Il me plairait assez de savoir en quoi mes affaires peuvent vous intéresser ! laissa tomber le marquis de cette voix froide et sarcastique qu'il avait eue le jour de leur arrivée à Syth.

Neoma chercha sa respiration avant de se remettre sur ses pieds. Cela exigea d'elle un effort surhumain, car elle avait retenu son souffle depuis l'arrivée du marquis.

On a coutume de dire qu'un homme qui se noie voit défiler sa vie entière devant ses yeux et Neoma pensa que le tiroir du milieu, ouvert, avec les pièces d'or qui brillaient, et celui dans lequel elle était en train de fouiller au moment de l'irruption de son hôte, resteraient à jamais gravés dans sa mémoire.

— Si c'est de l'argent que vous cherchez, fit observer le marquis, je suppose que vous n'avez pas eu le temps de puiser dans celui qui s'étale là !

Il s'était déplacé en parlant et se tenait maintenant devant Neoma. Celle-ci se sentit obligée de lever les yeux pour le regarder.

— Je... je... votre argent ne m'intéresse pas, réussit-elle à articuler, consciente cependant de mentir.

C'est bien de l'argent qu'elle voulait voler, même s'il ne s'agissait que d'un morceau de papier... cet argent qui, peut-être, n'existait que dans l'imagination de Peregrine et de Charles.

— Je présume avoir droit à une explication ? suggéra le marquis.

Neoma détourna les yeux des siens pour les ramener aux tiroirs béants. Il allait falloir avouer la vérité, elle le savait. Que pouvait-elle faire d'autre ?

— Je... je vais... vous expliquer... ce que... j'étais... en train... de faire, bégaya-t-elle, si... si vous... si vous me promettez... de... de me croire.

— Vous n'êtes vraiment pas en position de dicter vos conditions, répliqua le marquis. Mais je puis vous assurer que si vous ne soumettez pas ma crédulité à trop forte épreuve, j'essaierai de vous croire.

Il se dirigea vers la cheminée, posa la main sur la tablette et se retourna pour dire :

— J'imagine que votre entreprise avait été minutieusement préparée. Etait-ce votre idée ou celle de Standish ?

Il y avait une dureté dans sa voix qui fit frémir Neoma.

Ensuite — était-ce parce qu'elle avait l'air triste et désorientée, à côté des tiroirs ouverts ? — le marquis lui proposa :

— Avant de prendre les mesures qui s'imposent, je suggère que vous veniez vous asseoir pendant que j'écouterai vos explications.

— Des... des mesures ? questionna Neoma.

— Les tribunaux infligent des peines très rigoureuses pour vol, et même pour tentative de vol.

En l'entendant prononcer ces mots, Neoma crut qu'il la soupçonnait d'avoir dissimulé des pièces d'or.

Ne pouvant supporter cette idée, elle s'avança vers lui en suppliant :

— Je vous en prie... je vous en prie... écoutez-moi !

— Je suis tout disposé à le faire, répondit le marquis, aussi, asseyez-vous.

Il lui désigna un fauteuil près du foyer et Neoma s'y écroula : et il était temps, car ses jambes ne la supportaient plus.

— Le... le soir... au *White's*... où vous avez gagné... tout cet argent... en jouant... contre Charles..., commença-t-elle d'un filet de voix hésitant.

— Waddesdon ? Est-il aussi impliqué dans cette affaire ? s'enquit le marquis. Je croyais que vous et Standish opériez seuls.

— Tout est venu..., répondit Neoma, de ce que... vous avez gagné... tellement d'argent... en jouant contre Charles... alors qu'il... qu'il avait trop bu.

— Quel rapport avec ce qui nous préoccupe ? interrompit le marquis.

— Croyez-vous vraiment... que Charles aurait pu... pu jouer... de cette façon... téméraire... ridicule... s'il n'avait été abruti par l'alcool ? demanda Neoma.

Pendant un moment, la colère qu'elle avait ressentie quand Peregrine lui avait appris que le marquis savait pertinemment dans quel état se trouvait Charles lui revint à la mémoire et c'est d'un ton très différent de celui employé jusqu'alors qu'elle ajouta :

— Charles ne savait pas ce qu'il faisait. S'il avait eu tous ses esprits, il n'aurait pas joué du tout, pour la simple raison... qu'il n'a pas d'argent.

Le marquis restant coi, elle poursuivit :

— La même chose vaut pour Peregrine. Ils ont à peine de quoi vivre à Londres, et donc ne disposent d'aucun argent pour jouer au club ou ailleurs !

— En ce cas, ils ne devraient pas le faire !

— En règle générale, ils ne jouent pas. Mais le soir où vous avez gagné six mille livres en jouant contre Charles, on leur avait offert un grand nombre de verres et Charles délirait dans un monde imaginaire où il se croyait riche. En un mot, il n'avait aucune idée de ce qu'il faisait en réalité !

— Une excuse très plausible ! laissa tomber le marquis d'un ton sarcastique.

Neoma le regarda et sentit qu'elle serait incapable de poursuivre. Quoi qu'elle dise, il était manifeste qu'il ne la croirait pas et elle songea que, s'il lui restait un peu de fierté, mieux valait sortir de la pièce et le laisser croire ce qu'il voudrait.

Mais elle songea à Peregrine et aux conséquences qu'aurait pour lui un pareil geste.

Le marquis devait avoir remarqué son indécision et comprit ce qu'elle ressentait en observant l'expression de son visage car, au bout d'un moment, il dit d'une voix plus aimable :

— Continuez !

— Vous ne voudriez pas... s'il vous plaît... vous asseoir aussi ? demanda Neoma. Vous êtes si grand... et cela m'intimide encore plus... que je ne le suis déjà... quand vous me... me dominez... de votre stature.

— Ainsi, vous avez peur ! fit remarquer le marquis. Est-ce votre première incursion dans le crime ?

— Bien sûr que oui ! répliqua Neoma avec emportement. Croyez-vous que je pourrais ?...

Elle s'arrêta soudain et changea de ton :

— Je vous en prie... laissez-moi... finir mon histoire. Vous pourrez ensuite... juger par vous-même... si ce que j'ai tenté d'accomplir... est tellement... condamnable.

Le marquis ne fit aucune observation et, après un moment, elle reprit :

— Charles et Peregrine sont amis depuis très longtemps... et ils ont très souvent... joué... aux riches. Ce soir-là... au *White's*... ils ont joué au piquet tous les deux. Croyant que les autres membres du club... se moqueraient d'eux... ou trouveraient étrange... de les voir jouer... pour le plaisir..., ils ont fait aux cartes... des dettes... imaginaires. Ils gagnaient... ou perdaient... des sommes... complètement imaginaires... pour lesquelles ils s'échangeaient... des billets à ordre... fictifs !

Elle jeta un coup d'œil sur le marquis et comprit à son regard soudain sur le qui-vive qu'il avait deviné ce qu'elle allait lui révéler.

— Quand vous avez empoché six mille livres... à la fin de votre partie contre Charles, poursuivit-elle, il vous remit en complément du paiement... un billet à ordre fictif de Peregrine... pour une somme de deux mille livres.

Elle entendit sa voix résonner dans la pièce.

Il y eut un silence, puis le marquis résuma la situation :

— Vous êtes en train de me dire que Standish est incapable de faire face à ses obligations !

— Evidemment qu'il en est incapable ! répliqua Neoma. En ce moment, il ne dispose même pas de vingt livres ! Mais il affirme qu'il s'agit là d'une dette d'honneur et que vous pensez qu'il vous remboursera... dans les trois jours.

Elle avait articulé ces derniers mots d'une voix tremblante.

— S'il manque à ses engagements, demanda lentement le marquis, à quoi s'attend-il ?

— Vous savez très bien à quoi il s'attend ! répondit Neoma. Si vous engagez des poursuites contre lui, il ira à la prison de Fleet. Si vous admettez tout simplement qu'il s'agit d'une créance douteuse, il devra démissionner de son club et sera mis au ban de... de toute la société !

Elle joignit les mains.

— Oh ! je vous en prie... je vous en supplie... ne

faites pas cela... Que lui resterait-il ? Que pourrait-il faire ?

— Cela a tellement d'importance pour vous ? demanda subitement le marquis.

— Cela a plus d'importance... que je ne puis vous le dire. Cela représente tout pour moi !

Elle avait failli ajouter : parce qu'il est mon frère ! Mais elle se rappela les recommandations de Peregrine : si quelqu'un apprenait qu'il avait emmené sa sœur avec lui à Syth, il serait désavoué par tout le monde.

Elle songea que, si elle ne pouvait rien sauver d'autre du désastre qu'était devenu leur plan, elle devait absolument éviter cela à Peregrine.

Elle essaya d'expliquer :

— Peregrine a été... très bon pour moi. Je voulais l'aider et j'ai pensé que si je volais le billet à ordre... vous pourriez ne pas vous en apercevoir.

— J'aurais personnellement pu ne pas remarquer sa disparition, admit le marquis, mais mon avoué qui est à Londres et qui lui s'occupe de ce genre de choses aurait sans aucun doute remarqué que j'avais été escroqué.

Neoma le regarda avec une expression de saisissement dans les yeux.

— Vous voulez dire... que le billet à ordre... n'est pas ici ?

— Exactement ! répondit le marquis. Quand je joue, mon avoué s'occupe de tout, y compris de ce que vous appelez les « dettes d'honneur ».

Elle était furieuse : elle aurait pu s'y attendre ! Et Peregrine et Charles auraient dû y penser, avant de la mettre dans cette position intenable !

Le marquis ne la quittait pas des yeux et, au bout d'un moment, elle lui demanda :

— Que... qu'allez-vous... faire ?

— Je me posais justement la même question, répliqua le marquis.

Trouvant soudain bizarre de le voir à Syth à cette heure-là, elle lui demanda :

— Pourquoi... pourquoi êtes-vous revenu ?

— Parce que Standish m'a appris que les courses vous fatigueraient trop, étant donné que vous deviez reprendre la route ce soir pour Londres. Je suis donc revenu pour que nous puissions déjeuner ensemble.

Neoma le regarda avec ahurissement et il poursuivit :

— J'ai également pensé que ce serait votre dernière occasion de visiter mes écuries. Si ma mémoire est bonne, vous n'avez passé en revue que la moitié de mes chevaux.

— Je voulais voir les autres, murmura Neoma, mais je n'en ai pas eu le temps.

L'idée lui vint tout à coup que — quel que soit l'avenir qui l'attendait — elle n'oublierait jamais ni leurs promenades, ni ces magnifiques chevaux qu'il lui avait permis de monter.

— Vous pouvez facilement imaginer, continua le marquis, mon étonnement, à mon retour, de vous trouver, non pas absorbée dans la lecture de John Donne, ainsi que je m'y attendais, mais en train de dévaliser mon propre bureau !

— Je... j'ai essayé... de vous expliquer... ce que je faisais, rappela Neoma d'une voix morne.

Puis, tout à coup, impulsivement, sans même penser à ce qu'elle faisait, elle se leva de son fauteuil, passa devant le foyer de la cheminée et se jeta aux genoux du marquis.

— Je vous en prie..., supplia-t-elle, je vous en conjure... ne réclamez pas à Peregrine les... ces deux mille livres qu'il vous doit ! Il ne possède que sa maison... à la campagne. Il ne peut trouver d'acquéreur et... et selon lui, elle ne vaut même pas la somme qu'il vous doit. Il pourrait vous en remettre... les titres de propriété... mais... quand il ne l'aura plus... il ne lui restera rien pour l'avenir... que les vêtements qu'il a sur le dos.

Neoma examina le visage du marquis et pensa qu'il correspondait parfaitement à la description qu'en avait faite Avril : il était plein de mépris et de dédain.

— Je vous en supplie ! Soyez bon ! Je sais que la vie vous a... blessé... désillusionné...

— Qui vous a dit que j'avais été blessé et désillusionné ? interrompit le marquis.

— Je l'ai compris en lisant les passages que vous avez soulignés dans les poèmes de John Donne !

— Si je les ai soulignés, répliqua froidement le marquis, je l'ai fait il y a si longtemps que cela n'a plus aucune signification aujourd'hui !

— Si vous les avez soulignés quand vous étiez jeune, plaida Neoma, alors souvenez-vous que Peregrine est très jeune lui aussi. Il n'a que dix-neuf ans !

— Il est si jeune que cela ! s'exclama le marquis.

— Oui, si jeune que cela ! répéta Neoma. Quand on est jeune, on fait un tas de bêtises que l'on peut regretter plus tard.

Il y eut un silence que le marquis interrompit en disant lentement :

— Si je comprends bien, ce n'est pas vraiment Standish qui me doit de l'argent, mais Charles Waddesdon.

— Il ne peut pas payer non plus, confessa Neoma. En fait, sa situation est presque pire que celle de Peregrine, car il a en outre des dettes !

— Il me semble que ces deux jeunes gens devraient avoir mieux à faire que de jouer avec le feu.

— C'est bien ce que je pense, approuva Neoma, mais...

Encore une fois, elle s'arrêta juste au moment où elle allait expliquer pourquoi aucun d'eux n'avait les moyens d'étudier à Oxford ou d'entrer dans un régiment convenable.

C'étaient là les seules occupations possibles pour les jeunes nobles. S'il y en avait d'autres, Neoma n'en avait jamais entendu parler.

Elle pensa qu'elle pouvait difficilement ajouter quelque chose sans témoigner d'une trop grande intimité avec Peregrine. Aussi se contenta-t-elle de dire :

— Quoi que vous puissiez penser d'eux... je vous en prie, soyez miséricordieux.

Le marquis la regarda d'une façon qui lui parut étrangement pénétrante. Puis, impulsivement, il se leva, la laissant à genoux à côté du fauteuil vide.

— J'ai une proposition à vous faire, déclara-t-il, et je veux que vous l'examiniez très soigneusement.

— Oui... naturellement, répondit nerveusement Neoma.

— Je suppose que vous êtes parfaitement au courant de ma réputation, commença le marquis. On me considère comme un homme dur et impitoyable et personne ne m'a jamais vu avoir un bon mouvement.

Neoma le regarda avec étonnement. C'était bien ce qu'elle avait entendu dire à son sujet, mais elle était étonnée qu'il le sût.

Comme si elle avait pensé à haute voix, il ajouta avec un sourire moqueur :

— Je sais parfaitement ce que l'on dit de moi. Permettez-moi de vous assurer que c'est la pure vérité et que je tiens à ce qu'il en soit ainsi.

— Mais pourquoi... pourquoi ? demanda Neoma.

— Il ne s'agit pas de moi, mais de vous !

— De moi ?

— Si, comme vous le dites, enchaîna le marquis, vous êtes prête à faire n'importe quoi pour aider

Standish et cette autre tête brûlée de Waddesdon, en ce cas vous serez peut-être d'accord pour accepter ma proposition.

— Quelle... est-elle ?

Elle avait l'impression que ce serait quelque chose d'effrayant et sa question n'avait été qu'un murmure.

— J'annulerai la dette de Standish, déclara le marquis, ou, si vous préférez, je lui laisserai croire que vous m'avez volé le billet à ordre et que je suis tellement faible d'esprit que je ne m'en suis pas aperçu...

Il y avait une note caustique dans sa voix qui mit Neoma mal à l'aise, pendant qu'il poursuivait :

— ... en échange de quoi vous accepterez de séjourner ici, à Syth, après le départ de mes invités, demain matin.

Un instant, Neoma crut qu'elle n'avait pas bien entendu.

— Res... rester... avec vous... ici ?

— Pourquoi pas ? demanda-t-il. Je suis certain que vous trouverez amplement de quoi vous satisfaire avec mes chevaux, sinon avec moi.

— Vous voulez... que je vienne... seule ?

— Je ne vous proposais pas de vous faire accompagner ! répondit sèchement le marquis.

— Mais... mais... pendant combien de temps ?

Il fit un geste de la main.

— Je suis prêt à vous laisser en décider.

L'idée lui vint tout à coup qu'elle pouvait faire ce qu'il lui demandait, puisque Peregrine serait absent et qu'il ne saurait pas qu'elle avait quitté la maison.

Il avait dit qu'il repartirait de Londres tôt le lendemain matin. Elle pourrait donc revenir à Syth, puisque c'était ce que voulait le marquis, et être rentrée à la maison le dimanche, avant le retour de Peregrine.

Plus elle y pensait, plus elle se disait que l'idée était complètement absurde. Pourquoi le marquis voulait-il qu'elle vienne séjourner à Syth ? Elle était absolument certaine que Peregrine serait horrifié à cette idée.

Mais son frère n'en saurait rien !

Tout se passait comme si, dans sa tête, quelqu'un supputait le pour et le contre de cette proposition. Mais l'important, c'était que le marquis, s'il tenait parole, annulerait la dette de Peregrine.

Elle était tellement abasourdie, tellement loin de comprendre la raison pour laquelle le marquis lui demandait de rester, que son esprit ne pouvait que reprendre l'affaire à sa source :

— Comment, demanda-t-elle, si le billet à ordre de Peregrine se trouve à Londres, pourrais-je l'avoir volé ici ?

Le marquis sourit — encore que ce sourire fût à peine un mouvement de lèvres.

— J'imagine que nous pourrions imiter la signature de Standish, suffisamment bien pour ne pas éveiller ses soupçons.

— Oui... bien sûr, dit Neoma. Je connais fort bien sa façon de signer et, d'ailleurs, il avait beaucoup bu ce soir-là.

— Parfait ! s'exclama le marquis. Nous allons nous atteler à cette abominable besogne mais, dites-moi, puis-je considérer que vous avez accepté ma proposition ?

— Je... je n'arrive pas à comprendre pourquoi vous voulez de moi, bredouilla Neoma, mais ce serait merveilleux... d'avoir à nouveau la chance de monter avec vous.

— J'attendrai, moi aussi, ce moment avec impatience.

Le marquis s'avança vers son bureau et Neoma se leva.

Elle crut qu'il regardait d'un œil soupçonneux les souverains répandus dans le tiroir du milieu et elle s'empressa de demander :

— Vous ne pensez pas vraiment... que je pourrais... vous voler de l'argent ?

Il s'assit à son bureau avant de lever les yeux vers elle. Neoma eut le sentiment qu'il la défiait de lui prouver que deux mille livres n'étaient pas de l'argent.

— Vous avez gagné... de l'or de fée ! affirma-t-elle, et vous le savez, touché par des mains humaines... il disparaît !

— Peut-être est-ce ce que vous ferez !

Ces paroles lui rappelèrent lord Dadchett et elle frissonna. Elle remarqua ensuite que le marquis l'observait et elle expliqua :

— Je pensais à lord Dadchett. Vous... vous ne lui donnerez pas... mon adresse à Londres... au cas où il essaierait... de me revoir ?

— Il se trouve que je ne connais pas votre adresse, répondit le marquis et, naturellement, je ne lui dirai pas où vous êtes, et encore moins que vous revenez ici !

— C'est un être immonde ! Il me fait peur, avoua Neoma. C'est à cause de lui, surtout, que... que je n'avais pas envie de descendre pour le dîner, hier soir.

Le marquis ne fit aucun commentaire. Il ouvrit simplement un tiroir et en sortit une feuille de papier. Il la réduisit à un format que Neoma supposa être celui des billets à ordre utilisés par les membres du *White's,* avant de le lui rendre.

— Qu'écrit-on ? demanda-t-elle.

— Bon pour deux mille livres, en gros caractères, répondit le marquis, et vous signez en dessous.

La signature de Peregrine avait toujours été facile à imiter et c'est à dessein que Neoma l'exécuta d'une main tremblante, songeant que son frère, tout comme Charles, était ivre.

Le marquis examina le faux d'un œil critique.

— Je crois que cela devrait pouvoir passer, déclara-t-il, et, si je peux me permettre de vous donner un conseil, déchirez-le dès que vous l'aurez montré à Standish.

— C'est exactement ce que je ferai, approuva Neoma, et, merci, merci infiniment pour votre gentillesse.

— Je crois que nous discuterons de ma gentillesse en d'autres circonstances, répliqua le marquis. Pour le moment, j'espère avoir chassé de votre visage cet air inquiet que j'y voyais depuis votre arrivée.

— C'était très préoccupant de se demander quoi faire, admit Neoma, et je redoutais que l'un de nous ne se fasse surprendre... exactement comme vous m'avez... prise sur le fait.

— Je crois vous avoir dit, dès notre première rencontre, déclara le marquis, que vos réactions étaient tout à fait imprévisibles.

— A présent, j'essaierai de vous faire changer d'opinion, répondit Neoma, mais il y a tellement de choses à Syth qui sont différentes de tout ce que j'ai connu auparavant !

— Cela crève les yeux !

A l'entendre parler ainsi, Neoma ne savait pas si cela lui faisait plaisir ou l'agaçait. Elle le regardait, l'air inquiet, le billet à ordre dans la main. Elle finit par lui demander :

— Que voulez-vous que je fasse à présent ? M. Greystone a promis de me faire visiter le reste du château.

Le marquis jeta un regard par la fenêtre.

— Puisqu'il fait beau, constata-t-il, et que je n'ai pas envie de rester enfermé, ne pourrions-nous pas nous promener dans le jardin ?

— Cela me plairait beaucoup, répondit Neoma, et je voudrais vous dire... encore une fois... à quel point je vous suis reconnaissante.

— Peut-être m'exprimerez-vous votre gratitude demain quand nous serons seuls ? répliqua le marquis.

Ces paroles lui parurent énigmatiques et Neoma le regarda d'un air perplexe. Mais il poursuivit :

— Vous ne m'avez pas encore donné votre adresse, ni dit à quelle heure je pourrai passer vous prendre.

— J'habite au n° 6 de Royal Avenue.

Le marquis avait pris une plume pour noter l'adresse mais, à présent, il la regardait en souriant.

— Comme c'est curieux, fit-il. Il se trouve que la maison voisine m'appartient.

— La maison voisine ? répéta Neoma. Mais, pourquoi ? Que pourriez-vous faire d'une aussi petite maison ?

— La même chose que Cosmo Blake avec le n° 6 !

— L'homme à qui appartient l'endroit où j'habite en ce moment, expliqua Neoma, l'avait mise à la disposition d'une actrice. Mais, pour une raison qui m'échappe, elle s'est querellée avec lui et est allée vivre dans un quartier plus huppé. Tout au moins, c'est ce que l'on m'a dit.

— Cela paraît tout à fait plausible, admit le marquis. Je vous suggère de jeter un œil sur le n° 8 pour voir si la maison vous plaît davantage.

— Je doute fort qu'aucune maison à Londres puisse me plaire, répondit Neoma. J'aime la campagne et je voudrais n'être jamais ailleurs. C'est la raison pour laquelle, alors même qu'il fut parfois surprenant, voire choquant d'habiter ici, j'ai apprécié mon séjour à Syth. Surtout lorsque je montais avec vous !

— Nous ne manquerons certainement pas de recommencer, déclara le marquis. Pour le moment, descendons au jardin en attendant que je puisse aller vous chercher Royal Avenue, demain matin, à 11 heures, si cela vous convient.

— Je serai prête, promit Neoma, mais... vous n'en parlerez pas à Peregrine ?

Sa voix était anxieuse et il lui sembla que le marquis la regardait d'un drôle d'air. Puis il lui demanda :

— Vous n'avez pas l'intention de le lui dire ?

— Non, bien sûr que non ! S'il le savait... il pourrait... me défendre de venir.

— Et vous lui obéiriez ?

Neoma était sur le point de lui répondre qu'elle serait obligée d'obéir à Peregrine, mais elle pensa que le marquis pourrait s'en étonner.

— Je ne voudrais pas... le contrarier, expliqua-t-elle sans conviction.

— Naturellement, approuva le marquis. Il est toujours sage de laisser toutes les portes ouvertes !

Elle ne comprit pas ce qu'il voulait dire mais crut préférable de ne pas demander d'explications.

— Puis-je aller prendre mon chapeau et déposer cela dans ma chambre ? demanda-t-elle en montrant le billet à ordre.

— Il faut bien sûr mettre le billet à ordre en lieu sûr, répondit le marquis, mais, à moins que vous ne teniez absolument à avoir quelque chose sur la tête, j'aime bien voir les rayons du soleil jouer dans vos cheveux.

Elle lui jeta un bref regard d'étonnement, car cela ressemblait tout à fait à un compliment.

Mais le marquis était occupé à jeter dans une corbeille à papiers les restes de la feuille avec laquelle il avait confectionné le billet à ordre et il ne la regardait pas.

— Je vais faire vite, assura-t-elle. Je vous retrouverai dans le hall !

6

Au beau milieu des encombrements de la circulation de Londres, Neoma ne pouvait s'empêcher de penser que c'était très excitant de rouler en carrosse, assise à côté du marquis.

Jamais auparavant elle n'était montée dans un phaéton et elle se sentait comme tirée très haut vers le ciel, loin de sa vie quotidienne, dans un monde différent, fantastique.

Mais cette impression, elle l'avait ressentie dès qu'elle avait rencontré le marquis, dès qu'elle avait mis le pied dans son univers.

Tout ce qui se rapportait à lui n'avait absolument rien à voir avec le train ordinaire de ce monde. Elle lui jeta un coup d'œil à la dérobée à travers ses cils, et le trouva encore plus altier, plus impérieux qu'à l'accoutumée.

Quatre alezans magnifiques tiraient son phaéton jaune et noir — c'étaient ses couleurs aux courses — un phaéton d'une telle élégance avec ses lanternes en argent massif et ses harnais ouvragés que Neoma songea :

« Comparée à lui, je ne suis qu'une servante, une mendiante ! »

Malgré tout, ayant veillé tard pour repasser sa robe à rubans roses, elle avait conscience, avec ses moyens modestes, d'être aussi séduisante que possible.

Quand elle avait entendu frapper à la porte et qu'elle avait vu le marquis sur le seuil, pendant que son cocher retenait ce superbe attelage, Neoma avait cru qu'un bon génie, surgi de quelque monde enchanté, lui avait amené un carrosse pour la conduire au bal.

Elle avait éprouvé aussi un peu de gêne, surtout quand le marquis, sans y être invité, était passé devant elle pour pénétrer dans la petite maison.

Des yeux il avait fait le tour du hall étriqué, puis, au grand étonnement de Neoma, avait visité la petite salle à manger et le salon du fond.

Sans même voir l'expression de ses yeux, elle avait senti son regard plein de mépris pour le mobilier et les rideaux. Elle avait eu beau arranger tout avec le maximum de confort, elle comprenait que l'ensemble devait paraître mesquin et misérable au maître de Syth.

Toutefois, le marquis n'avait fait aucun commentaire, se contentant de demander :

— Etes-vous prête ?

Neoma avait fait oui de la tête. Pour une raison ou une autre, elle n'était pas sûre, à ce moment-là, de pouvoir émettre un son quelconque.

Le marquis l'avait aidée à prendre place dans le phaéton pendant que le cocher attachait sa malle à l'arrière. Il avait ensuite fait tourner les chevaux dans King's Road et ils étaient partis...

Quand elle était revenue à Royal Avenue, tard la veille au soir, Neoma n'arrivait pas à croire que le marquis l'avait invitée à Syth — ou, plus exactement, l'avait mise dans l'obligation d'y revenir — en échange du billet à ordre.

Ce n'est qu'une fois à Londres, après que sir Edmund Courtenay les eut déposés à leur porte, que Neoma avait eu la possibilité de dire à Peregrine qu'elle avait récupéré le billet à ordre.

Ils avaient fait leurs adieux à Avril et à Charles. Ce dernier était reparti en lançant à Peregrine :

— A demain matin ! 9 heures !

Alors, seulement, Peregrine avait regardé sa sœur : la question brillait dans ses yeux et Neoma savait qu'elle tremblait sur ses lèvres depuis l'instant où ils avaient quitté Syth.

— L'as-tu ?

Neoma avait perçu la note d'inquiétude dans la voix de son frère, aussi avait-elle été fière de pouvoir répondre :

— Oui, il est là !

Sur ces mots, elle avait sorti le billet à ordre du réticule qu'elle portait à la main. Le regard incrédule de Peregrine s'était fixé un moment sur le billet à ordre, puis il avait pris sa sœur dans ses bras en s'écriant :

— Oh ! la brave fille ! Oh ! la petite maligne ! Comment l'as-tu déniché ? Oh ! Neoma ! comment pourrai-je assez te remercier ?

Elle avait cru qu'il lui serait difficile de mentir à Peregrine en prétendant avoir trouvé le billet à ordre dans le tiroir du milieu comme il le lui avait suggéré mais, touchée par sa gratitude et l'indicible soulagement qu'elle percevait dans sa voix, il lui avait été facile de dire :

— Tu avais tout à fait raison et maintenant te voilà tiré d'affaire, mon chéri. Mais tu dois me promettre que tu ne joueras plus jamais.

— Je ne suis pas assez stupide pour aller perdre à nouveau deux mille livres, répliqua Peregrine.

Il s'était arraché à sa sœur et s'était touché le front.

— J'ai peine à croire que je n'aurai plus à passer

de nuits blanches, terrorisé à l'idée de perdre le manoir.

— Va te coucher et oublie tout cela, avait répliqué Neoma. Je crois que ce que nous avons de mieux à faire, c'est de brûler ce papier. Il nous a causé suffisamment d'ennuis.

Elle avait espéré que Peregrine serait d'accord, mais il lui avait pris le billet à ordre des mains.

— Nous devrions plutôt l'encadrer pour qu'il me rappelle à jamais de ne plus faire pareille bêtise.

— Je crois que tu t'en souviendras sans la présence de ce misérable morceau de papier.

Peregrine avait examiné le billet pendant que sa sœur le suivait de l'œil avec inquiétude. Mais il n'avait rien dit, se contentant de déchirer le document en petits morceaux qu'il avait éparpillés.

— Me voilà libre ! exultait-il. Libre, Neoma ! Et je te dois tout cela !

Neoma avait commencé à monter l'escalier.

— Je suis fatiguée, avait-elle déclaré. J'irai me coucher dès que je me serai assurée que tu as une cravate convenable pour demain matin. Inutile de défaire ta valise puisque tu repars aussitôt.

C'était vrai aussi pour son propre bagage, et il lui faudrait repasser la robe qu'elle avait sur le dos, de même que les rubans de son chapeau, rubans qu'elle avait attachés sous son menton.

— Il me faudra au moins trois cravates, avait-il renchéri, au cas où je raterais un de mes nœuds.

— Pas si c'est moi qui le fais à ta place, avait répondu Neoma.

Elle lui en avait quand même déniché trois et les avait mises bien en évidence sur sa table de nuit.

Elle avait mal dormi, s'interrogeant sans cesse sur les raisons du marquis de la faire séjourner à Syth, en tête à tête avec lui.

Elle avait fini par conclure que ce devait être une histoire de chevaux.

Après tout, ayant constaté de ses propres yeux comment elle était arrivée à se faire obéir de *Victorieux* et témoin de l'étrange prédiction au terme de laquelle *Diamant* n'avait pas remporté le derby, il était plausible que le marquis veuille lui demander conseil au sujet de ses autres chevaux de course.

« Ce sera merveilleux de monter à nouveau en sa compagnie », avait-elle murmuré dans le noir.

Espérant bien avoir l'occasion de chevaucher, non seulement le samedi, mais également le dimanche matin, Neoma avait très soigneusement interrogé son frère, avant son départ, sur l'heure probable de son retour.

— Je n'en ai pas la moindre idée, avait-il répondu d'un air insouciant. Certainement pas en début de journée, car sir Edmund donnera une soirée, samedi, après le combat.

— Je t'en prie, ne bois pas trop, avait supplié Neoma. Tu sais que cela te rendrait malade.

— Je ne vais pas me donner en spectacle devant tous les invités, avait répliqué Peregrine. Si tu n'arrêtes pas de me faire des remarques à ce sujet, je finirai, une bible à la main, par prêcher la tempérance dans Hyde Park juché sur une chaise.

Neoma avait ri aux éclats en imaginant une scène aussi improbable et Peregrine s'était mis à rire aussi en la serrant dans ses bras.

— Si tu n'étais pas là, avait-il déclaré, je serais plongé dans un désespoir tel que je n'aurais même pas été capable d'assister au combat. Maintenant, je pourrai en apprécier tous les instants.

A 9 heures, quand il était parti pour le domicile de sir Edmund dans Park Lane, en compagnie de Charles venu le chercher pour l'y conduire, Peregrine avait dit :

— De toute façon, je serai rentré pour le dîner dimanche soir. Prépare donc quelque chose de convenable, afin que Charles puisse rester avec nous.

— J'en serais très heureux, avait remercié Charles, si cela ne pose pas de problème.

Neoma lui avait sourit.

— Tu sais bien que ce sera un plaisir pour moi et, comme l'a dit Peregrine, j'essaierai de trouver quelque chose de « convenable » à manger.

C'était typique de Peregrine de ne lui avoir pas donné d'argent pour acheter ce qu'il exigeait. Dieu merci ! Neoma avait économisé sur les deux guinées que son frère lui avait offertes pour faire bonne figure à Syth.

Du haut du perron, elle avait agité la main en guise d'adieu, puis s'était hâtée de faire les lits et de mettre les chambres en ordre avant son propre départ.

Emily était occupée à nettoyer la cuisine et Neoma entendit soudain un bruit de vaisselle brisée : comme d'habitude, la jeune servante avait cassé quelque chose !

Pour une fois, Neoma ne courut pas à l'office voir ce qui était arrivé. Elle se retira dans sa chambre pour ôter la vieille robe qu'elle avait mise pour servir à Peregrine son petit déjeuner et enfiler la toilette qu'elle portait au retour de Syth.

« Le marquis va en conclure que je n'ai qu'une robe à me mettre, avait-elle pensé, et il aura tout à fait raison. Mais quelle importance ? Du moins, cette fois-ci, aurai-je ma propre tenue d'amazone. »

En fait, ce costume n'était pas le sien mais celui de sa mère. C'est pourquoi il était mieux coupé et d'une étoffe d'une qualité supérieure à tout ce que Neoma avait eu les moyens de s'offrir depuis la mort de ses parents.

Un chapeau complétait cette tenue. Neoma le mit dans un carton qu'elle avait posé sur sa malle. Elle s'était ensuite rappelée ce que lui avait dit le marquis : qu'il appréciait de voir les rayons du soleil jouer dans ses cheveux.

« Etonnant de me dire une chose pareille ! » avait-elle pensé.

Il lui avait débité cela de sa voix froide, impersonnelle, ce qui en avait fait une déclaration dépourvue de toute chaleur.

« Quel étrange personnage ! » s'était dit Neoma.

Pour l'heure, assise à ses côtés dans le phaéton, elle pensait de même, à cette différence près que le mot « étrange » était devenu « énigmatique ».

Elle ne le comprenait pas. Elle ne comprenait pas non plus pourquoi il avait accepté, en échange de sa venue à Syth, d'annuler la dette d'honneur de Peregrine.

Elle ne pouvait que remercier le ciel d'avoir pu acquiescer si facilement à cette demande.

Elle pourrait passer à Syth deux nuits et une journée entière. Au bout de ce laps de temps, le marquis serait probablement soulagé de la voir repartir de bonne heure dans l'après-midi. Ainsi, à l'insu de tous, elle serait de retour à Londres à temps pour préparer un excellent dîner à Peregrine et à Charles.

Elle avait laissé à Emily l'argent nécessaire pour acheter la viande dont elle aurait besoin et lui avait demandé de la porter à la maison le samedi après-midi pour qu'elle soit encore fraîche le dimanche.

Elle lui avait également remis une liste d'articles à acheter car, si Emily ne savait pas lire, les commerçants le faisaient pour elle.

« J'espère n'avoir rien oublié ! », songeait Neoma.

— J'ai le sentiment, déclara le marquis, que vous êtes préoccupée par quelque chose. Par quoi ?

— Je ne suis pas vraiment préoccupée, répliqua Neoma. Je suis tout à l'ivresse de me sentir si privilégiée, comme au sommet de l'échelle sociale. C'est la première fois que je me promène en phaéton.

— La première fois ? répéta le marquis, stupéfait.

Neoma se mit à rire :

— Les gens que je fréquente sont dans l'obligation de marcher ou, s'ils sont en fonds, ils prennent une voiture de louage.

Tout en parlant, elle songeait au plaisir qu'aurait Peregrine à conduire son propre phaéton. Même si elle n'était pas certaine qu'il sache conduire les chevaux avec autant d'adresse que le marquis, elle était persuadée qu'il s'en tirerait infiniment mieux que certains de ces élégants qu'ils croisaient sur la route.

Bientôt, Londres fut derrière eux et ils se retrouvèrent en pleine campagne. Neoma regarda autour d'elle avec délectation.

— Comme tout est beau ! s'exclama-t-elle. Je ne comprends pas comment les gens peuvent préférer vivre à Londres.

— Pensez à toutes les soirées que vous manqueriez ici, rétorqua le marquis.

Neoma faillit lui avouer qu'elle n'était jamais allée à une soirée à Londres, mais elle craignit qu'il ne la trouve assommante.

« Puisqu'il a eu la gentillesse de m'inviter, se dit-elle, je dois faire tout mon possible pour le distraire. »

Connaissant leur intérêt commun pour ce sujet, elle l'interrogea sur ses chevaux. Il lui apprit qu'il avait eu beaucoup de mal à composer un attelage aussi parfaitement apparié que celui qu'il était en train de mener.

Neoma trouva Syth encore plus impressionnant que lors de son premier séjour.

En roulant le long de l'imposante allée qui y conduisait, elle reconnut le dôme au-dessus des branches comme on reconnaît un vieil ami.

— C'est ravissant... ravissant... ravissant ! s'écria-t-elle.

A cause de l'accent d'indiscutable sincérité qu'il perçut dans sa voix, le marquis se tourna vers elle et la regarda en souriant.

— Je crois, commença-t-elle au bout d'un moment, vous avoir cité un poème qui ne convenait pas l'autre jour, bien que je sois prête à parier que vous avez coché aussi des vers de celui-ci.

— Je pressens une pointe de critique dans ce que vous allez me dire, déclara le marquis, mais dites-le, je vous en prie.

— Lorsque vous contemplez Syth, il est clair que vous pouvez vous dire :

I am Monarch of all I survey,
My right there is none to dispute. (1)

— Une fois encore, vous omettez de citer la fin de la strophe, fit-il en riant :

Better dwell in the midst of alarms,
Than reign in this horrible place. (2)

— Cela est tout à fait hors de propos ! s'écria Neoma. Personne n'oserait nier que Syth est le plus bel endroit du monde !

Puis, comme si elle craignait d'avoir été trop démonstrative, elle ajouta :

— Mais, sans doute, allez-vous me répondre que je suis... mauvais juge ?

(1) De ces terres jusqu'à l'horizon,
je suis le maître incontesté.
(2) Mieux vaut vivre au cœur des combats,
que régner sur si vil endroit.

— Je ne répondrai rien de tel, répliqua le marquis. J'aime voir admirer ce qui m'appartient, tout comme j'apprécie fort les compliments.

Neoma le regarda avec étonnement.

— J'ai toujours pensé que l'opinion des autres vous était indifférente. Peut-être me suis-je trompée ?

— Disons que cela dépend de la personne mais, naturellement, votre opinion à vous m'importe beaucoup.

— Sur vous ?

— Bien sûr !

Neoma détourna son regard pour le poser sur le château.

— Je me disais justement que vous étiez énigmatique, avoua-t-elle. Mais peut-être serait-il plus juste de dire qu'à mes yeux vous contredisez votre réputation.

— Qu'entendez-vous par là ? demanda le marquis.

— On vous dit impitoyable, mais je sais que vous êtes susceptible de bonté, répondit Neoma. Vous semblez apprécier la compagnie de gens peu recommandables, mais ils ne vous ressemblent en rien. Et puis... de cela je ne suis pas certaine... mais je crois... même si vous ne voulez pas l'admettre... que vous comprenez... la souffrance d'autrui.

En son for intérieur, elle se dit que le marquis savait fort bien ce que représentait pour elle le geste qu'il avait eu envers Peregrine : elle lui serait toujours reconnaissante, plus que les mots ne peuvent l'exprimer, de ne pas avoir insisté pour exiger son dû.

Il lui suffisait de se rappeler la gratitude de Peregrine et la façon dont il l'avait serrée dans ses bras pour ressentir envers le marquis une effusion de tendresse pour son indulgence.

Il n'eut pas le temps de répliquer, car ils franchissaient le pont. Quelques secondes plus tard, ils s'engageaient dans la cour et s'arrêtaient devant le perron.

On avait déroulé le tapis rouge et, partout, des valets de pied attendaient. Comme on l'aidait à descendre du phaéton pour qu'elle puisse rejoindre le marquis sur les marches, celui-ci lui lança :

— Bienvenue à Syth !

— Quelle joie d'être de retour ! répondit Neoma.

Quand elle pénétra dans le hall, elle regarda les tableaux de Laguerre et se rappela qu'elle s'était attendue à ne plus jamais les revoir.

Ils marchèrent jusqu'au salon et le marquis insista pour que Neoma accepte une coupe de champagne avant de monter dans sa chambre se préparer pour le déjeuner.

Mme Elverton l'attendait en haut de l'escalier.

— Cela me fait plaisir de vous revoir, mademoiselle, lui dit-elle.

Encore que les paroles fussent affables, Neoma lut une certaine désapprobation dans l'expression du visage de la gouvernante.

« C'est sans doute qu'elle est surprise de me voir sans chaperon, se dit-elle un peu nerveusement, et il m'est impossible de lui expliquer pourquoi je suis seule. »

Elle s'attendait à ce qu'on la conduise dans la chambre où elle avait déjà couché, mais Mme Elverton l'entraîna plus avant dans le corridor.

Préoccupée par l'attitude de la gouvernante, Neoma ne fit pas attention à la chambre dans laquelle elle se trouvait à présent jusqu'au moment où, ayant enlevé son chapeau, elle arrangea ses cheveux.

C'est dans le miroir qu'elle découvrit combien la pièce était exquise et elle regarda avec ravissement autour d'elle.

Les murs étaient tendus de brocart bleu turquoise

et les tentures de lit, de la même couleur, drapaient un immense baldaquin décoré d'amours et de colombes dorés et sculptés.

Elle n'avait rien vu d'aussi délicieux dans les autres pièces.

« M. Greystone ne m'a pas montré cette chambre », se dit-elle.

Neoma se promit de regarder plus en détail, dès qu'elle en aurait le loisir, les tableaux, français et très beaux.

Pour l'instant, elle savait qu'il lui fallait éviter de faire attendre le marquis. Elle se lava les mains et s'empressa de redescendre pour aller le rejoindre. Les lieux lui paraissaient beaucoup plus agréables maintenant qu'elle savait qu'il n'y avait plus de femmes jacassantes et habillées de couleurs criardes, ni de messieurs du genre de lord Dadchett dont la seule occupation était de boire.

Quand elle pénétra dans le salon, Neoma trouva le marquis debout devant une fenêtre et contemplant le jardin.

Neoma alla le rejoindre.

— Encore un peu de champagne ? demanda-t-il.

— Non, merci.

« Quelle chose affreuse, songeait-elle, de trop boire et de se conduire comme ces filles l'ont fait le soir de mon arrivée ici. »

Comme s'il avait deviné ses pensées, le marquis lui demanda :

— Essayons d'oublier ce qui vous a choquée et offensée sous mon toit, et ne pensons plus qu'à jouir de cette demeure telle qu'elle est en ce moment, alors que nous y sommes seuls !

— C'est exactement ce que je souhaite faire, répondit Neoma avec un sourire. Je sens qu'il me reste tellement à voir, tellement à apprendre.

— Et que ferez-vous de ce genre de savoir une fois que vous l'aurez acquis ?

— Je le garderai dans ma mémoire, repartit Neoma. Plus tard, si jamais je me sens triste ou soucieuse, je pourrai, par le souvenir, me retrouver devant vos tableaux ou me promener dans cette pièce, consciente que tout ce que j'y vois, tout ce que j'y touche, est pure merveille !

Elle fit une courte pause avant d'ajouter :

— Peut-être est-ce la bonne méthode pour apprendre l'histoire : avoir une galerie de merveilleux souvenirs qui nous fourniront, dans l'avenir, de quoi nous aider et nous inspirer.

— Et que faites-vous des échecs et des erreurs ? Il y en a eu énormément dans le passé.

— A coup sûr, ils nous enseignent à ne plus jamais répéter les mêmes fautes.

— Vous êtes trop optimiste, fit remarquer le marquis, mais après tout c'est le trait essentiel de la jeunesse.

On vint leur annoncer que le déjeuner était servi. Ils le prirent dans la petite salle à manger qui, de forme ovale, avait des murs d'un vert pâle. Elle n'était pas décorée de tableaux, mais de statues placées dans des niches qui faisaient ressortir la beauté de leurs proportions classiques.

Le marquis avait voyagé en Grèce et Neoma le questionna sur ce pays qu'elle avait toujours eu envie de visiter.

— J'aimerais vous montrer l'Acropole, assura le marquis, surtout le soir en période de pleine lune car, en vous fondant dans sa lumière, vous pourriez justifier votre prénom !

— Comme ce serait merveilleux ! s'exclama Neoma avec une tristesse rêveuse.

— Je suis certain que l'on doit pouvoir trouver une

représentation de l'Acropole dans cette maison. Elle a été peinte par plusieurs artistes célèbres. Vous devriez demander à M. Greystone.

— Je vous le demande à vous ! répliqua Neoma. C'est votre devoir de connaître ce qui vous appartient !

— Vous avez raison, reconnut le marquis, mais je n'ai pas l'habitude de voir mes invités s'intéresser à ce que je possède, à moins que je ne sois disposé à le leur donner.

Neoma réfléchit qu'il en était ainsi parce qu'il invitait à séjourner chez lui des personnes d'un genre si spécial. Mais pour ne pas paraître mal élevée, elle continua à parler peinture jusqu'à la fin du repas.

Ensuite, en vue de leur sortie à cheval, elle s'empressa de monter dans sa chambre pour se changer.

En lui montrant son nouvel appartement, Mme Elverton lui avait proposé :

— Je pense que vous aimeriez voir Elsie s'occuper de vous, puisque vous la connaissez déjà ?

— Cela me ferait très plaisir, avait répondu Neoma.

Elle trouva donc Elsie dans sa chambre, occupée à lui sortir sa tenue d'amazone.

— Vous avez apporté votre propre costume cette fois-ci, mademoiselle, constata Elsie. Toutefois, je ne crois pas que vous ayez besoin de la jaquette. Il fait tellement chaud aujourd'hui !

— En ce cas, je porterai seulement mon chemisier, répliqua Neoma.

Elle songea que c'était peu conventionnel mais, après tout, le marquis préférait la voir sans chapeau et cela aussi était original.

La jupe de l'amazone de sa mère lui allait à ravir et lui faisait une taille de guêpe.

Pour le cas où le marquis exigerait — l'heure

n'était pas matinale comme les autres fois où ils avaient monté — de la voir vêtue dans les règles, Neoma descendit avec sa veste pliée sur son bras.

Il l'attendait dans le hall et leva les yeux vers elle quand elle parut en haut de l'escalier. Et elle se sentit un peu gênée sous son regard.

Quand elle arriva près de lui, elle lui dit à voix basse, pour ne pas être entendue des valets de pied :

— Je me demandais si vous teniez à ce que je porte ma jaquette en dépit de la chaleur ?

— Vous êtes parfaite telle que vous êtes, répliqua le marquis.

Il lui sembla qu'il avait dit cela en regardant ses cheveux.

Elle lui adressa un sourire et déposa le vêtement sur une chaise. Puis ils descendirent les marches du perron et s'avancèrent vers les chevaux.

Le marquis la souleva pour la poser sur la selle et, quand elle sentit ses mains sur sa taille, Neoma prit conscience de sa présence physique comme jamais auparavant avec aucun homme.

Mais quand ils partirent au trot à travers le parc, Neoma oublia tout, hormis le plaisir de monter une bête aussi superbe.

Ils chevauchèrent plus longtemps qu'ils ne l'avaient fait jusqu'alors et, quand ils firent demi-tour pour rentrer, le marquis lui demanda inopinément :

— Etes-vous heureuse ?

— Naturellement ! répondit Neoma. Comment pourrait-il en être autrement quand je monte un pareil cheval ?

Sur ces mots, elle se pencha en avant pour caresser l'encolure de sa monture.

— Je vois bien qu'il me faudra vous offrir un cheval !

Neoma se mit à rire, croyant qu'il plaisantait.

— L'idée est bonne, concéda-t-elle, mais les habitants de Royal Avenue pourraient s'étonner, le soir, de trouver cet animal attaché à un réverbère ! Croyez-vous que nous pourrions le faire entrer dans la salle à manger, si nous en retirions la table ?

Sans attendre la réponse du marquis, elle fit reprendre le trot à sa monture : elle voulait profiter de chaque seconde passée à Syth car, de tout ce que pourrait contenir sa future galerie de souvenirs, les journées passées ici seraient les plus importantes.

L'après-midi passa rapidement. Ils prirent le thé dans un des petits salons et gagnèrent ensuite la bibliothèque où le marquis montra à Neoma de précieuses éditions originales d'auteurs et de poètes qu'elle lisait et aimait depuis des années.

— Comment avez-vous réussi à lire autant au cours d'une si brève existence ? lui demanda le marquis.

— Je lis très vite, expliqua Neoma, et, il faut le dire, il m'est possible de consacrer beaucoup de temps à la lecture.

Elle trouva qu'il avait l'air un peu sceptique et elle fut sur le point de lui évoquer les longues heures passées dans la solitude, d'abord au manoir, après la mort de ses parents, ensuite à Londres, les jours où Peregrine ne rentrait que pour se changer et où elle ne voyait personne d'autre qu'Emily.

A Londres, elle avait rapporté de la campagne un grand nombre de livres et elle avait découvert dans son quartier une bibliothèque de prêt et, les premiers temps, elle s'était abandonnée à une véritable débauche de lecture.

Elle avait vite jugé que c'était folie et décidé de limiter ses emprunts à trois livres par semaine, parfois moins : même si elle pouvait le faire pour une somme modique, mieux valait acheter de la nourriture pour son frère que de dépenser égoïstement cet argent pour son propre plaisir.

Elle parcourut du regard la bibliothèque avant de déclarer :

— Si vous me donniez à choisir, dans votre demeure, entre n'importe quel tableau de mon goût et cinq cents volumes de votre bibliothèque, je me demande ce que je prendrais...

— Je peux me tromper, hasarda le marquis, mais je crois que ce serait les livres !

— Vous avez raison ! s'exclama Neoma. Pourtant, quand je me rappelle le Botticelli du salon argent ou le Boucher du salon français, ce serait une décision très difficile à prendre.

Le marquis leva les sourcils.

— Saviez-vous de qui étaient ces toiles ? demanda-t-il. Est-ce M. Greystone qui vous l'a appris ?

— J'avais lu, bien sûr, la biographie de leurs auteurs et vu des reproductions de ces deux tableaux, répondit Neoma, mais M. Greystone m'a raconté comment ils étaient venus en possession de vos ancêtres. Il connaît également une foule de détails sur la vie de ces deux artistes.

Le marquis jeta un coup d'œil sur la pendule.

— Il est presque l'heure d'aller vous changer pour le dîner, annonça-t-il, mais avant, puisque nous parlons présents, j'en ai un à vous offrir.

— Un cadeau pour moi ?

Le regard de Neoma s'éclaira.

Comme ils avaient échangé des tas de citations en vers, elle crut qu'il voulait lui offrir un recueil de poésies. Au moment où ils se dirigeaient vers le salon, elle demanda :

— Dois-je deviner ce que c'est ou fermer les yeux jusqu'à ce que vous me l'ayez remis ?

— Fermez les yeux ! répondit le marquis.

Quand ils pénétrèrent dans le salon, Neoma posa les mains sur ses yeux en disant :

— J'attends !

Elle l'entendit ouvrir et refermer un tiroir, après quoi il revint à ses côtés.

— Maintenant vous pouvez rouvrir les yeux, lança-t-il.

Elle ôta ses mains et vit qu'il lui tendait un écrin de cuir, rond.

Elle fut surprise, car elle s'attendait à un livre, mais le lui prit des mains et l'ouvrit.

Un instant, elle crut qu'il s'était trompé : l'écrin contenait, présenté sur un lit de velours noir, un collier de diamants et de turquoises.

— J'ai pensé que des turquoises vous conviendraient, déclara le marquis.

Neoma resta interdite, parfaitement immobile, incapable de détacher ses yeux du collier, ne pouvant croire que le marquis voulût vraiment lui faire un cadeau d'un tel prix.

Comme elle n'avait pas ouvert la bouche, ni bougé depuis qu'elle avait soulevé le couvercle de l'écrin, son hôte demanda :

— Que se passe-t-il ? Je croyais que cela vous ferait plaisir.

Il y eut un moment de silence avant que Neoma, sans le regarder, lui réponde :

— Je... je ne voudrais pas... que vous me trouviez... ingrate...

— Il ne vous plaît pas ! Pour quelle raison ? interrompit le marquis.

— Il ne s'agit pas de cela ! Bien sûr qu'il me plaît ! Il est très... il est merveilleusement beau... mais... je ne peux pas... l'accepter.

— Et pourquoi ?

Le marquis avait parlé d'un ton acerbe.

— Je vous en prie... ne soyez pas irrité. C'est très... très gentil... de votre part, bredouilla Neoma, mais... je ne pourrais accepter... de personne... un présent d'un tel prix.

— Mais pourquoi ? demanda à nouveau le marquis.

Neoma referma l'écrin d'un petit geste nerveux.

— Je vous en prie... je vous en prie... essayez de comprendre, supplia-t-elle, ce serait... déplacé... malhonnête... d'une certaine façon... parce que je n'ai rien... à vous offrir... en retour.

Elle crut que le marquis était en colère et s'empressa d'ajouter :

— C'est trop délicat... à expliquer... mais peut-être pourrions-nous... en reparler plus tard ? Je ferais mieux d'aller m'habiller pour le dîner.

Elle le quitta précipitamment, craignant de le regarder, au cas où il lui aurait jeté un mauvais regard. Dès qu'elle fut dans le hall, elle se mit à grimper l'escalier quatre à quatre et se dépêcha vers sa chambre.

Elsie l'y attendait et elle se dévêtit pour entrer dans son bain. Neoma se demandait pour quelle raison le marquis lui faisait un tel cadeau.

Sa mère aurait été horrifiée si elle avait accepté un présent d'un étranger, quel qu'il soit !

Neoma ne trouvait qu'une seule explication : le marquis essayait de se faire pardonner le choc et l'émotion qu'elle avait ressentis à la vue de ces femmes ivres qui s'étaient si mal conduites lors du premier dîner à Syth.

« Ce présent, se disait Neoma, ne peut avoir d'autre explication. »

Malgré sa volonté d'être agréable au marquis et de lui témoigner sa reconnaissance — tant pour son geste envers Peregrine que pour sa gentillesse envers elle-même —, Neoma savait qu'il lui était absolument impossible d'accepter un bijou d'une telle valeur.

En dehors de toute autre considération, comment expliquer à Peregrine qu'elle puisse être en possession d'une telle parure ?

Elle se tortura l'esprit au sujet du collier pendant tout le temps qu'Elsie passa à l'habiller et à la coiffer.

« J'imagine, finit par se dire Neoma, que le marquis est tellement riche qu'il peut offrir un tel cadeau aussi facilement qu'un autre un livre ou une paire de gants. »

Quelle que soit la raison, elle espérait seulement que son refus ne gâcherait pas leur soirée, ce qui ne manquerait pas d'arriver si le marquis prenait la mouche.

Quand elle entra dans le salon, elle trouva son hôte qui l'attendait. Nulle trace de mauvaise humeur sur son visage, mais un sourire.

Il lui présenta une flûte de champagne et, devant son refus, n'insista pas.

— Ce sera le troisième dîner que vous prendrez chez moi, annonça-t-il, et je veux vous voir parfaitement heureuse. Aussi faites seulement ce que vous avez envie de faire.

Elle fut soulagée de constater qu'il n'était pas fâché. Elle éprouvait aussi un autre sentiment : quelque chose de chaud et de joyeux au fond de son cœur. C'était comme un feu qui semblait s'étendre et gagner en intensité à mesure que s'avançait la soirée.

Ils parlèrent d'une foule de choses tout en savourant un festin digne d'un roi. Quand les serviteurs se furent retirés et qu'il ne resta plus sur la table que la lueur des bougies, le marquis se cala dans son fauteuil, un verre de cognac à la main, et demanda :

— Et maintenant, avez-vous l'intention de me citer Cowper, Donne ou Dryden ?

Un petit sourire creusa deux fossettes dans les joues de Neoma qui réfléchit avant de répondre :

— Vous avez indiscutablement l'air d'un héros !

— Dans ce cas, j'espère que vous trouverez tout indiqué le dernier vers de cette strophe !

Neoma fouilla un instant dans sa mémoire avant de citer :

— *Seul le brave mérite la belle.*

— Exactement ! approuva le marquis, et, sans prétention, je me suis toujours considéré comme brave.

A cet instant, Neoma se rappela le vers qu'il avait souligné dans le poème de John Donne :

Que nulle part n'existe une belle qui soit fidèle.

Elle était certaine qu'il avait essuyé des désillusions à un moment de sa vie et, de toute évidence, à cause d'une femme.

Le marquis épiait l'expression des yeux de son invitée. Soudain, sans le vider, il posa son verre et proposa :

— Passons au salon !

— Vous ne préférez pas que je vous laisse prendre tranquillement votre digestif ?

— Je n'ai pas envie de digestif ce soir, répliqua le marquis, et encore moins de vous voir vous éloigner de moi.

Côte à côte ils traversèrent le corridor et entrèrent dans le salon.

On avait allumé les bougies et tiré les rideaux.

Comme si le marquis avait donné des instructions à cet effet, une haute porte-fenêtre à la française avait été laissée ouverte, permettant l'accès à la terrasse.

Neoma s'en rapprocha presque instinctivement.

Le dîner avait duré si longtemps que le soleil s'était couché, le crépuscule était tombé et maintenant les étoiles scintillaient dans le ciel.

Le marquis lui prit le bras et ils traversèrent la

terrasse pour aller s'appuyer contre la balustrade de pierre.

En contrebas, un léger brouillard commençait à se former autour des arbres du parc. Le lac réfléchissait la lumière des cieux et un croissant de lune couronnait les arbres immenses.

Neoma contempla le ciel, la tête renversée en arrière.

— Comme c'est beau ! fit-elle à voix basse.

— Et ainsi en est-il de vous, Rayon de lune ! renchérit le marquis.

Neoma fut tellement étonnée d'entendre ces mots qu'elle se retourna pour le regarder. A l'instant où elle fit ce mouvement, le marquis l'entoura de ses bras et appliqua ses lèvres sur les siennes.

Pendant un moment, elle fut trop ahurie pour pouvoir ressentir autre chose que de l'incrédulité : rêvait-elle ?

Neoma était trop stupéfaite, trop abasourdie pour résister : elle ne songeait même pas à se dégager !

Par la suite, quand les bras du marquis resserrèrent leur étreinte, elle comprit qu'il se passait en elle quelque chose d'étrange : le feu qu'elle avait senti toute la soirée sembla l'embraser, il monta dans son sein, gagna sa gorge, et s'épanouit sur ses lèvres.

La pression de la bouche du marquis sur la sienne évoquait chez Neoma un monde merveilleux, différent de tout ce qu'elle avait connu.

On eût dit que toute la beauté de Syth et la splendeur des cieux qui les entouraient étaient concentrées dans ce baiser. Il lui apportait l'extase et tellement plus encore...

Y entrait tout ce qui est beau et sublime dans le monde, comme la musique, la peinture... et c'était en même temps l'ivresse de galoper et, même, la sainteté de ses prières et de Dieu lui-même !

Cela lui traversa l'esprit comme un éclair : c'était l'amour ! L'amour tel qu'elle l'avait rêvé, tel qu'elle se l'était imaginé, mais encore plus merveilleux, plus parfait et plus sacré !

Le marquis l'attira encore plus près de lui et elle sentit, sans pouvoir se l'expliquer, le feu intérieur qui l'embrasait la consumer tout entière et, en même temps, elle comprit qu'elle n'était plus elle-même mais une partie de lui.

Puis vint le moment où le marquis releva la tête et les étoiles qu'elle pouvait voir autour de sa tête l'auréolaient d'une lumière qui ne venait pas seulement du ciel, mais aussi de l'amour qu'elle ressentait pour lui.

— Je vous aime !

Elle n'était pas certaine d'avoir prononcé ces paroles à voix haute. Elle savait seulement qu'elles retentissaient dans chaque cellule de son corps, dans chaque recoin de son âme.

C'était l'amour... l'amour ! Comment aurait-elle pu prévoir, même une seconde, que cet amour serait pour le marquis ?

— Voilà ce que je souhaitais vous entendre dire, mon ange ! confessa le marquis, et j'ai attendu très longtemps, du moins me semble-t-il, pour vous l'entendre dire.

Il baissa les yeux sur elle et la contempla un long moment avant de reprendre :

— Mais je n'ai plus à attendre. Montez dans votre chambre et mettez-vous au lit.

Il se détourna pour s'appuyer sur la balustrade, comme s'il avait voulu s'empêcher de retenir Neoma.

Elle le regarda, un peu hésitante. Puis, comme il lui avait demandé de le faire, elle se mit en devoir de lui obéir : sachant à peine ce qu'elle faisait, Neoma traversa le salon, puis le hall et, enfin, monta l'escalier.

Elle sentait encore les lèvres du marquis sur les siennes et les sensations qu'il avait éveillées en elle chantaient dans son corps comme une musique.

Etourdie, elle suivit le long corridor, obnubilée par cette unique pensée : elle vivait un rêve, un songe si merveilleux et si parfait qu'il l'avait entraînée jusque dans les étoiles !

Il lui était difficile de comprendre qu'elle était revenue sur la terre !

A l'instant où elle arriva devant sa chambre, une porte s'ouvrit un peu plus loin dans le corridor et elle vit le valet du marquis en sortir avec un manteau sur le bras.

Sachant qu'il lui serait impossible d'articuler un mot dans l'état d'exaltation où elle se trouvait — ne serait-ce que pour dire « bonsoir ! » — Neoma se précipita chez elle.

La chambre resplendissait de lumière. Elsie entra alors par une porte que Neoma n'avait pas remarquée auparavant.

— Oh ! vous êtes déjà là, mademoiselle ! s'exclama-t-elle. Je ne vous attendais pas si tôt !

Neoma ne trouva rien à répondre et Elsie poursuivit :

— Selon les ordres de Sa Seigneurie, j'étais simplement en train de garnir les vases de votre boudoir. Venez voir les fleurs, mademoiselle. Elles sont tellement belles !

La femme de chambre referma la porte et Neoma, ne voyant aucune raison de refuser, la suivit dans un petit salon décoré de façon aussi exquise que la chambre.

Bergères et canapés étaient recouverts de la même soie damassée bleue. Sur toutes les tables, des vases de fleurs embaumaient.

— N'est-ce pas qu'elles sont très belles, mademoiselle ? demanda Elsie. Quant à la chambre de Sa Seigneurie, comme vous le savez sans doute, elle se trouve par ici !

Sur ces mots, elle traversa la pièce pour aller ouvrir une porte de l'autre côté.

Par l'embrasure, Neoma aperçut un immense lit à colonnes et le regarda machinalement un instant. Puis, si soudainement qu'elle en eut un coup au cœur, elle prit conscience des paroles d'Elsie :

« Comme vous le savez sans doute ! »

Pourquoi l'aurait-elle su ? Pourquoi l'avait-on installée dans une chambre voisine de celle du marquis ?... avec une porte de communication semblable à celle qui l'avait séparée de Peregrine ?... à cette différence près que, cette fois-ci, un petit boudoir servait d'antichambre entre les deux.

Ce fut comme si on lui arrachait un voile des yeux : elle revit les femmes, le soir du dîner, et la façon dont les hommes se comportaient avec elles. Elle comprit que tous les invités formaient des couples dont les chambres étaient contiguës, tout comme la sienne maintenant avec celle du marquis !

Subitement, comme si une violente lumière l'avait forcée à voir et à comprendre, elle sut pourquoi le marquis lui avait demandé de venir séjourner seule à Syth !... pourquoi il lui avait offert un cadeau d'un tel prix !... pourquoi, après l'avoir embrassée, il l'avait envoyée se mettre au lit !

Un cri d'épouvante lui échappa, puis elle se mit à courir.

Elle traversa le boudoir, sa chambre, ouvrit la porte et se précipita dans le corridor.

Elle ne connaissait qu'un endroit où aller, où elle se sentirait en sécurité : la chapelle !

En cette circonstance, cet asile sacré lui apparaissait comme le seul capable de la sauver d'un holocauste si formidable et si terrifiant qu'elle se réfugiait instinctivement dans les seuls murs capables de la protéger.

Elle suivit en courant les longs corridors, passa devant le bureau de M. Greystone et enfin arriva hors d'haleine à la chapelle.

La porte en était ouverte et deux candélabres à six branches, allumés comme toutes les autres bougies du château, illuminaient l'autel.

Neoma se jeta à genoux. Elle voulait prier, mais les mots ne venaient pas. Elle revoyait les femmes dans la salle à manger, le collier d'émeraudes au cou de Vicky Vale et l'expression de lord Dadchett quand il cherchait à l'embrasser.

Toutes ces images étaient les éléments d'un « puzzle » qu'elle n'était pas arrivée à saisir, mais qui, reconstitué, à présent surgissait devant elle comme un monstre pour la terrifier.

La façon de s'exprimer des femmes, la familiarité avec laquelle les hommes les traitaient et les paroles incompréhensibles de Peregrine : tout s'expliquait !

Enfin, les mots qu'elle cherchait lui montèrent aux lèvres :

« Aidez-moi, mon Dieu ! Aidez-moi ! Comment ai-je pu... être assez stupide... pour venir ici ? Comment ai-je pu ne pas comprendre ? »

Ensuite, dans son effroi, elle supplia sa mère de venir à son secours pendant que des larmes lui montaient aux yeux et coulaient le long de ses joues.

« Je regrette, maman !... je regrette d'avoir été aussi idiote !... mais je ne... comprenais pas... je ne savais pas... que de pareilles choses... pouvaient se passer... sur la terre... »

A présent, les sanglots l'étouffaient. Soudain, elle se raidit : elle avait entendu un pas derrière elle.

Pendant un moment, il lui fut impossible de bouger. Mais elle savait que le marquis était là et qu'elle devait trouver le moyen de tout lui expliquer, de lui faire comprendre.

Elle tourna la tête — comme pour s'assurer que c'était bien lui — avant de se relever lentement et de s'avancer dans sa direction.

Le visage du marquis exprima sa surprise et sa perplexité quand il vit les yeux apeurés et les larmes sur les joues.

— Que se passe-t-il ? demanda-t-il. Quelle est la cause de ce bouleversement ?

Neoma joignit les mains pour répondre d'une voix qu'elle n'arrivait pas à reconnaître :

— Je... je ne... savais pas... je n'avais aucune idée... je vous en prie... il faut me croire... je n'avais pas compris... la raison pour laquelle... vous m'aviez... invitée... ce que vous vouliez...

— Qu'est-ce que vous n'aviez pas compris ?

— Ce que faisaient... ces femmes... et la raison pour laquelle... leurs chambres communiquaient... avec celles... des hommes qui les avaient amenées ici... je croyais que... que c'était tout simplement... parce qu'ils étaient... a... amis... mais je sais à présent... pourquoi... Peregrine a dit... qu'il n'avait pas les moyens... de payer... une femme... pour l'accompagner. Cela m'avait paru curieux... mais je pensais que c'était... une compensation... parce qu'elles perdaient... leurs cachets... au théâtre.

Le marquis, qui ne quittait pas Neoma des yeux, semblait pétrifié.

Après un silence, elle poursuivit, toujours de sa petite voix perdue et apeurée :

— J'imagine... à quel point... je dois vous paraître... ignorante... mais je ne savais pas... qu'il existait... des femmes... de ce genre... ou que des hommes comme... v... vous... pouvaient les trouver... attirantes. J'ai été stupide... tellement stupide ! Je vous en prie... pardonnez-moi... mais je ne peux pas... faire... ce que vous... souhaitez... parce que ce serait... mal... infâme !

— Mal ? Infâme ? répéta le marquis. Essayeriez-vous de me persuader que Standish n'est pas votre amant ?

— B... bien sûr que non ! Comment pouvez-vous penser... ? commença Neoma sur un ton indigné.

Elle avait été sur le point de lui dire que Peregrine était son frère, quand elle se rappela que cela causerait du tort à ce dernier.

Naturellement, le marquis serait choqué d'apprendre qu'il avait amené sa sœur à une partie de campagne où les femmes s'étaient conduites de façon aussi dégradante et où des hommes les payaient pour le faire.

— Me dites-vous la vérité ? demanda le marquis.

Neoma leva les yeux vers lui, comme si la question l'étonnait. Quand elle vit l'expression de son regard, elle déclara :

— Je n'aurais... jamais dû... venir ici... avec Peregrine. Je sais cela... à présent. En fait... je l'ai compris... dès le soir... de notre arrivée... mais je voulais... l'ai... l'aider.

— Bien sûr ! lança le marquis. Il comptait sur vous pour voler le billet à ordre !

Neoma resta un moment sans bouger. Elle finit par demander :

— Si... si je ne fais pas... ce que... vous voulez... obligerez-vous Peregrine... à vous payer sa dette ?

Elle parlait d'une voix tremblante pendant que ses yeux se remplissaient à nouveau de larmes.

Le marquis la regarda quelques minutes avant de lui répondre d'une voix très douce :

— Et si nous attendions demain pour parler de cela ? Je crois que vous êtes fatiguée et vous avez éprouvé un choc inattendu.

En disant ces mots, il sortit un mouchoir de sa poche et sécha les larmes de Neoma.

Devant tant de gentillesse, celle-ci sentit ses larmes redoubler.

— Allez vous coucher, Neoma, conseilla le marquis. Mettez le verrou sur votre porte et je vous promets que ni moi ni personne ne viendrons vous déranger.

Elle leva les yeux vers lui. Ses cils noirs baignés de pleurs s'étoilaient sur la blancheur de sa peau.

— Vous n'êtes pas... fâché contre moi ?

— Non, bien sûr que non, répondit le marquis. Seulement dérouté. De plus, tout comme vous, j'ai été stupide.

Comme elle le regardait d'un air perplexe, il ajouta :

— Ne vous tourmentez plus pour ce soir. Demain verra le jour et les chevaux nous attendent.

Neoma tenta de sourire, malgré les larmes qui brillaient toujours dans ses yeux.

— J'ai été tellement... tellement stupide !

— Je crois que l'explication est que vous êtes très jeune.

— Pourquoi personne... ne m'a-t-il jamais parlé... de ces choses-là ?

Sa voix se brisa sur ces derniers mots.

— Nous sommes tombés d'accord pour que vous n'y pensiez plus jusqu'à demain, lui rappela le marquis. Venez, je vous ramène au bas de l'escalier. Je suis sûr qu'une fois là, vous saurez retrouver seule votre chemin.

Tout en parlant, il passa son bras sous le sien et l'entraîna le long du corridor jusque dans le hall.

Quand ils furent au pied de l'escalier, le marquis prit la main de Neoma et la porta à ses lèvres.

— Bonne nuit, Neoma. Dormez bien, lui souhaita-t-il. Pour ce qui est de notre promenade, préférez-vous la faire avant ou après le petit déjeuner ?

— Je... j'aimerais monter assez tôt.

— En ce cas, que diriez-vous de 7 h 30 ?

— Ce serait parfait. Je serai prête.

L'espace d'un instant, elle regarda les yeux du marquis et elle sentit quelque chose danser dans son cœur, comme au moment où il l'avait embrassée.

Alors, craignant ses propres sentiments, elle grimpa vite l'escalier, sans se retourner, et eut du mal à retrouver son souffle quand elle se fut enfermée dans sa chambre.

7

Ce n'est qu'au retour de leur promenade à cheval, en regagnant Syth à travers le parc, que Neoma osa enfin regarder le marquis.

En le retrouvant, à 7 h 30, elle avait été trop gênée pour le faire. Surtout, elle avait craint de découvrir sur son visage cette expression de mépris et de dédain qui la faisait toujours se sentir insignifiante.

La veille, en se mettant au lit, elle n'avait pu s'empêcher de pleurer à chaudes larmes. Puis elle s'était surprise à repenser au baiser que lui avait donné le marquis et à l'indicible ivresse où ses lèvres l'avaient plongée.

Un instant, elle avait oublié ses larmes et son chagrin pour ne penser qu'au sentiment merveilleux éprouvé dans ses bras, à cette montée vers les étoiles où il l'avait entraînée.

Plus tard, elle songea que c'était par ignorance, par inexpérience qu'elle avait pu éprouver de telles sensations.

Aux yeux du marquis, elle n'avait pas plus d'importance qu'une Vicky Vale ou n'importe laquelle de ces « hétaïres de haut vol » — comme les avait appelées Peregrine — qu'il avait embrassées au cours de sa vie.

Mais jamais, elle le savait, elle ne pourrait oublier l'extase qu'il lui avait fait connaître : extase qui résumait en elle tout son idéal de l'amour.

Elle n'avait dormi que d'un sommeil intermittent, peuplé de cauchemars où elle courait le long d'interminables corridors sans trouver d'endroit où se cacher.

Pourtant, à son réveil, au moment où, Elsie frappant à sa porte, Neoma lui avait ouvert, elle avait ressenti une irrépressible exaltation à l'idée de chevaucher à nouveau aux côtés du marquis.

Néanmoins, elle avait dû faire un effort pour descendre et l'affronter.

Il lui avait souhaité le bonjour d'une voix tranquille. Ensuite, elle l'avait précédé sous le soleil et, quand il l'avait soulevée pour la mettre en selle, elle avait senti le rouge lui monter au visage.

Il n'avait proféré aucune parole, se contentant d'arranger la jupe de Neoma par-dessus l'étrier. Puis il était lui-même monté en selle et ils étaient partis comme les autres fois : trottant d'abord à l'ombre des arbres, puis galopant à travers la prairie.

« Il peut être fâché contre moi et me renvoyer à Londres aujourd'hui même, avait pensé Neoma, du moins aurai-je eu le plaisir de cette ultime promenade. »

Elle gardait toujours l'arrière-pensée qu'en dépit de ses dires le marquis pouvait exiger les deux mille livres de Peregrine, puisqu'elle n'avait pas rempli sa part du marché.

« Comment ai-je pu... ne pas comprendre... ce qu'il attendait de moi ? » s'était-elle demandé avec désespoir.

C'est à ce moment qu'une idée avait insidieusement germé dans son esprit : si le marquis lui faisait l'amour, peut-être serait-ce aussi merveilleux que son baiser ?

Elle s'était offusquée de pouvoir penser pareille chose. Néanmoins, l'idée avait persisté, la rendant plus timide que jamais.

Ce n'est qu'au moment de faire demi-tour pour rentrer — Syth alors s'offrait, fantastique, à leurs regards : le soleil levant miroitait dans les centaines de fenêtres qu'il changeait en disques d'or — que le marquis avait demandé :

— Aimeriez-vous monter encore cet après-midi ?

Neoma avait senti son cœur bondir dans sa poitrine.

Du moins ne souhaitait-il pas la voir repartir tout de suite ! Elle voulait rester, et lui parler, même si elle redoutait les paroles qu'il pourrait prononcer.

— Ce serait... merveilleux ! avait-elle répondu, si vous aussi en avez envie.

— Au sud de la propriété se trouve un lac que vous ne connaissez pas encore, avait-il répliqué. On y voit parfois des espèces rares d'oiseaux. Par exemple des oies canadiennes.

— J'aimerais tant les apercevoir ! avait-elle lancé.

A présent, ils continuaient d'avancer et, quand ils atteignirent le château, le marquis déclara :

— Nous sommes rentrés plus tard que d'habitude, aussi je vous propose de prendre notre petit déjeuner avant que vous ne regagniez votre chambre pour vous changer. Je dois avouer que j'ai une faim de loup.

Neoma, elle, n'avait pas d'appétit, car depuis le moment où, la veille, elle avait couru se réfugier dans la chapelle, elle se sentait le cœur serré.

Elle n'était plus aussi oppressée après cette promenade, mais elle sentait, sans le dire au marquis, qu'elle aurait du mal à manger.

Neoma ôta sa jaquette qu'elle avait endossée à cause de la relative fraîcheur matinale et la déposa sur un siège au pied de l'escalier avant de suivre le marquis dans la petite salle à manger.

Elle y retrouva l'habituel déploiement de vaisselle en argent, dont chaque plat contenait, pensa Neoma, de quoi nourrir une douzaine de personnes.

— Que puis-je vous servir ? demanda le marquis.

Pensant qu'il serait contrarié de l'entendre répondre qu'elle n'avait envie de rien, Neoma se laissa servir des œufs brouillés aux champignons, pendant qu'elle s'installait à table et se mettait à boire à petites gorgées un café odorant, espérant ainsi, miraculeusement, faire disparaître son embarras.

Neoma était profondément consciente de la présence du marquis en tête à tête avec elle. Au cours de la nuit avait-il repensé à leur baiser ? se demandait-elle et, après tout ce qu'elle lui avait dit, voudrait-il jamais l'embrasser à nouveau ?

Peut-être avait-elle eu tort de le laisser commencer, mais, sur le moment, elle n'avait pas cru mal faire. Rien dans cette situation ne lui avait paru inconvenant : c'était merveilleux, parfait, et il allait de soi que tout ce qui se passerait par la suite faisait partie des desseins de Dieu.

— Vous ne touchez à rien, fit remarquer le marquis, interrompant ainsi le fil des pensées de Neoma. J'ai l'intention de vous montrer un tas de choses aujourd'hui et je ne voudrais pas vous voir défaillir de faiblesse dans mes bras !

Neoma savait qu'il la taquinait, mais c'est très sérieusement qu'elle répondit :

— Cela ne m'arrivera pas.

— Pour commencer, déclara le marquis, nous nous rendrons aux écuries. Je crains que mes chevaux, privés de votre visite, ne se sentent négligés.

Neoma allait avouer que rien ne pouvait lui faire plus plaisir quand, tout à coup, la porte de la petite salle à manger s'ouvrit pour livrer passage à Peregrine.

Elle était tellement étonnée de le voir que, pendant un moment, elle ne put que le dévisager avant de réussir enfin à articuler :

— Peregrine ! Que fais-tu ici ?

Toutefois, son frère ne regardait que le marquis et il avait sur le visage une expression que Neoma n'y avait jamais vue.

— Je devrais vous tuer ! s'écria-t-il d'une voix dure qui sembla résonner dans toute la pièce.

Neoma se leva.

— Que dis-tu ? Que se passe-t-il ?

— C'est toi qui me demandes ce qui se passe ? répondit Peregrine d'une voix furieuse. Alors que je te trouve ici, seule avec ce démon ?

Neoma tenta de dire quelque chose, mais les mots semblaient englués dans sa gorge et Peregrine continua :

— Qu'ai-je ressenti, crois-tu, quand lord Dadchett m'a affirmé t'avoir vue quitter Londres en phaéton pour prendre la route de Syth et qu'il m'a demandé combien ce dépravé avait payé pour disposer de toi ?

Il prit une brusque respiration avant d'ajouter :

— Il m'a même offert de doubler la somme que j'avais reçue, quelle qu'elle soit !

— Peregrine !

C'était un cri d'horreur.

— Il faut dire que tout est de ma faute, reconnut-il d'une voix toujours furieuse. D'abord, c'est moi qui t'ai conduite dans cet antre du vice ! Mais je ne m'attendais pas du tout à ce que l'on fasse monter les enchères pour ma sœur, comme si elle n'était qu'une vulgaire prostituée !

Il lança au marquis un regard plein de colère. Ce dernier n'avait pas esquissé un geste depuis l'irruption de Peregrine qui poursuivit, comme incapable d'endiguer le flot de paroles qui se précipitaient sur ses lèvres :

— Je ne suis pas complètement idiot et, quand lord Dadchett m'a appris cette nouvelle, j'ai tout de suite compris ce qui s'était passé. Vous avez mis Neoma dans l'obligation de payer de sa personne pour un billet à ordre qui ne valait même pas le coût du papier sur lequel il était rédigé !

Après avoir craché ces paroles, il ajouta :

— Je suppose que si j'étais véritablement un homme je devrais vous provoquer en duel mais, si vous veniez à me tuer, il ne fait pas l'ombre d'un doute que vous obtiendriez ma sœur à un prix encore moindre que celui que vous avez payé ! Je l'emmène d'ici et, dès demain, je déposerai à votre domicile londonien les titres de propriété de mon manoir.

Neoma poussa un petit cri auquel Peregrine ne prêta aucune attention, se contentant de conclure :

— Je doute que cela représente le montant de la somme que je vous dois, mais je n'ai rien d'autre de valeur à vous offrir. Vous devrez donc vous en contenter !

Il parlait avec insolence, d'une voix toujours aussi furieuse.

Quand il eut fini, il tendit la main vers Neoma, qui

s'était rapprochée de lui pendant son discours, et il lui saisit le bras.

— Viens ! lança-t-il. Je ne te permettrai pas de rester sous ce toit une seconde de plus !

— Peregrine ! protesta Neoma.

— Tu pars immédiatement ! répliqua Peregrine.

Il y avait une telle autorité dans sa voix qu'elle douta qu'il soit encore le frère cadet dont elle s'était toujours occupée et qu'elle avait couvé de soins maternels.

Sans ajouter un mot, Peregrine sortit de la pièce à grandes enjambées, entraînant Neoma derrière lui.

Elle voulut regarder en arrière, parler au marquis, lui dire encore une fois qu'elle était désolée, mais Peregrine avançait et c'est le désespoir dans l'âme qu'elle comprit, en atteignant le hall, que le marquis ne les avait pas suivis.

Hors d'haleine, à cause de la vitesse à laquelle son frère l'avait forcée à avancer, elle réussit à dire d'une voix entrecoupée avant d'arriver à la porte principale.

— Ma... malle... mes affaires... ne sont pas... prêtes.

Peregrine se planta devant le majordome.

— Ayez l'obligeance de faire porter, pour demain matin, la malle de Mlle Standish au domicile londonien de Sa Seigneurie, demanda-t-il. Je ferai le nécessaire pour l'y faire prendre.

— Très bien, monsieur.

Tandis que Peregrine parlait, Neoma réussit à s'emparer de la jaquette qu'elle avait déposée sur une chaise. Ensuite, la tenant toujours par le bras, son frère la tira pour descendre les marches du perron. Un véhicule attelé de deux chevaux les attendait.

Un groom retenait les bêtes et Peregrine, s'emparant des rênes, sauta sur le siège.

L'attelage s'ébranla et atteignit l'extrémité de l'allée

avant que Neoma ait eu le temps de comprendre ce qui s'était passé ou de retrouver sa voix.

— Je suis... navrée...

— Nous en reparlerons à la maison, coupa Peregrine. S'il t'a fait du mal, je jure de le tuer !

— Non ! Non ! Je vais très bien. Ce n'est pas... ce que tu crois, réussit-elle à articuler.

Sa voix n'était qu'un léger murmure, car elle pensait que le groom assis derrière eux pouvait l'entendre.

Elle nota que l'expression de colère s'estompait un peu sur le visage de son frère, mais il n'ouvrit pas la bouche et c'est en silence qu'ils firent une longue partie du trajet.

Ce n'est qu'au moment où Neoma comprit qu'ils avaient quitté la route principale conduisant à Londres qu'elle demanda :

— Où... où allons-nous ?

— Au manoir ! répondit Peregrine. Je dois aller y prendre, comme tu le sais très bien, les titres de propriété du domaine.

Elle sentait les larmes lui monter aux yeux.

Ce n'était pas seulement à l'idée que son foyer serait perdu à jamais, mais aussi qu'une fois la maison dans d'autres mains, il ne resterait rien à Peregrine. Néanmoins, elle pensa, la mort dans l'âme, qu'il était tout à fait inutile de le dire.

Elle savait que son frère ferait exactement ce qu'il avait décidé et qu'il remettrait les titres de propriété au marquis en paiement de sa « dette d'honneur ».

« O mon Dieu, implora-t-elle en son cœur, comment as-tu pu permettre que cela arrive ? Pourquoi a-t-il fallu que Peregrine apprenne que j'étais à Syth ? »

Ce fut un long voyage à travers la campagne et ce n'est que tard dans l'après-midi qu'ils s'engagèrent dans l'allée familière avec ses pavillons de gardien vides et délabrés et ses grilles de fer rouillées.

Etait-ce à cause du contraste avec Syth ? Neoma se surprit à remarquer partout, gisant dans l'herbe non coupée, des branches d'arbre cassées. Enfin, les abords de la vieille demeure n'étaient plus un jardin, mais une vraie jungle tellement tout y avait poussé.

Toutefois, les briques, de l'époque élisabéthaine, étaient toujours d'un rose précieux, un peu passé à cause des intempéries, mais qui résistait depuis plus de deux siècles.

Malgré les vitres manquant aux fenêtres des étages supérieurs et plusieurs tuiles arrachées sur le toit, Neoma sentit combien elle aimait ce manoir et qu'il faisait partie de son sang, tout comme il était l'héritage de Peregrine.

« Et maintenant nous l'avons perdu, pensa-t-elle. Perdu au profit d'un homme pour qui il ne peut rien représenter, puisqu'il possède tant de biens. »

Et pourtant, d'une certaine façon, au fond de son cœur, Neoma savait que le marquis comprendrait qu'elle aimait cette maison parce qu'elle était belle et que c'est là qu'elle se sentait chez elle.

« Je ne dois plus penser à lui », se dit-elle.

Comme elle franchissait le seuil de la maison, elle se rappela que les deux vieux Brigg étaient un peu sourds ; aussi ne les avaient-ils pas entendus arriver. Quant à Peregrine, elle savait que, même s'il n'en avait pas les moyens, il était en train de gratifier le groom d'un pourboire.

Elle gagna le salon. Les rideaux et les housses étaient vétustes et fanés, le tapis presque râpé, mais l'ambiance était chaleureuse et pleine de souvenirs de sa mère.

Neoma aurait aimé, comme jamais auparavant, que sa mère soit là, prête à les écouter lui exposer leurs problèmes, prête à les aider à les résoudre de cette façon inimitable qui n'appartenait qu'à elle.

Toutefois, ce ne fut pas sa mère mais Peregrine qui pénétra dans la pièce et Neoma s'aperçut tout de suite que sa colère n'était pas tombée.

— Comment as-tu pu t'abaisser à écouter le marquis ? demanda-t-il.

— Faut-il vraiment... en parler ? répliqua Neoma d'une voix faible.

Elle sentait qu'il lui serait insupportable d'expliquer à son frère qu'elle n'avait pas vu ce que l'on attendait d'elle ou de lui avouer que le marquis lui avait offert un collier de très grande valeur.

— Tu dis qu'il ne t'a pas touchée ? questionna Peregrine d'un ton féroce.

Neoma secoua la tête.

Elle comprit, encore une fois, qu'il serait au-dessus de ses forces d'avouer à son frère que le marquis l'avait embrassée et elle savait, bien que parfaitement ignorante sur ce chapitre, qu'il lui demandait, en fait, s'il y avait eu plus qu'un baiser entre eux deux.

— Je monte me changer, s'empressa-t-elle de dire, craignant que Peregrine ne lui pose d'autres questions. Je verrai ensuite ce que je peux dénicher pour le dîner.

Peregrine ne répondit rien et, en quittant la pièce, Neoma le vit qui se jetait, l'air sombre, dans un des fauteuils.

Elle était sûre qu'il pensait à l'excellent dîner qui avait lieu, en ce moment même, chez sir Edmund, ainsi qu'au combat qu'il avait manqué pour voler au secours de sa sœur.

Elle en arriva à la conclusion qu'il devait avoir pris la route dès l'aube et elle pouvait s'imaginer qu'après les informations données par lord Dadchett, il avait dû passer une nuit blanche à se faire du mauvais sang à son sujet, tout en fulminant contre le marquis.

« Il a fallu que lord Dadchett vienne tout bouleverser ! » songea-t-elle avec amertume.

Comme elle n'avait pas raconté à son frère que lord Dadchett avait tenté de l'embrasser de force, elle comprenait que ses propositions d'argent pour acheter ses faveurs aient choqué son frère plus violemment qu'elles ne l'auraient fait si la jeune fille l'avait mis au courant.

« Tous mes actes... semblent avoir... tourné en mal », se dit-elle avec désespoir.

Alors, comme tant d'autres avant elle, Neoma rêva de pouvoir modifier le passé.

Dans le hall, Neoma disposait sur une vieille table à gibier les roses qu'elle avait cueillies, les larmes aux yeux, dans le jardin.

Depuis que Peregrine était parti, au petit matin, avec les titres de propriété, Neoma n'avait cessé de faire ses adieux à tout ce qu'elle avait connu et aimé depuis son enfance.

Elle n'avait guère parlé avec son frère, mais elle savait combien lui aussi souffrait de cette décision : son visage était d'une pâleur qu'elle ne lui avait pas connue depuis la mort de leur mère.

— En rentrant ce soir, avait-il promis, je ramènerai un véhicule capable de te permettre d'emporter à Londres ce que tu désires garder.

— Le marquis... ne nous laissera-t-il pas le temps... de déménager ? avait demandé Neoma d'une voix grave.

— Qu'avons-nous besoin de temps ? avait répliqué Peregrine avec brusquerie. S'il nous faut partir, vu le peu de valeur des murs, ce serait faire preuve de malhonnêteté que de distraire de la maison quelque chose susceptible d'en augmenter le prix.

Neoma avait poussé un petit cri.

— Je dois garder certains objets auxquels maman tenait beaucoup. Tu sais... que je ne pourrais pas... m'en séparer.

Peregrine avait haussé les épaules.

— De toute façon, j'imagine que pour le marquis cela n'a aucune valeur, admit-il. En même temps, je veux ne lui être redevable de rien.

Il était très touchant, avait pensé Neoma, de voir son frère se préoccuper d'elle à ce point et être prêt à tant lui sacrifier.

En même temps, elle constatait que, si Peregrine haïssait le marquis avec une amertume bien compréhensible, elle-même ne pouvait penser à ce dernier que d'une manière fort différente.

La veille, quand elle avait invoqué son ignorance, il avait essuyé les larmes de ses yeux et l'avait renvoyée se coucher, seule.

Elle ne pouvait s'empêcher de songer que dans les mêmes circonstances un personnage comme lord Dadchett aurait agi d'une manière tout opposée.

Mais à quoi bon tenter d'expliquer tout cela à son frère quand il était sous le coup d'une si violente colère ?

Ensuite, Peregrine était parti sur un cheval emprunté à un fermier voisin, une monture qui n'avait rien à voir avec les spécimens des écuries de Syth.

Les deux vénérables chevaux qui finissaient leurs jours dans l'écurie du manoir n'auraient pas supporté un voyage jusqu'à Londres.

Neoma alla les caresser et les dorloter.

« Dès qu'ils deviendront la propriété du marquis, se disait-elle, il ne fait pas l'ombre d'un doute qu'il les fera abattre, car ils ne peuvent lui être d'aucune utilité, ni à lui ni à personne d'autre. »

Une fois revenue dans la maison, elle se mit à

rassembler les affaires de sa mère, comme le lui avait conseillé Peregrine.

Après en avoir transporté plusieurs caisses dans le hall, elle se demanda soudain à quoi cela servait.

Si la maison de Royal Avenue venait à être vendue par le propriétaire, Peregrine et elle-même seraient dans l'obligation de trouver un autre domicile. Alors, beaucoup de choses se révéleraient non seulement encombrantes, mais sources de dépenses quand il faudrait déménager.

A la pensée de la maison de Royal Avenue, des larmes se mirent à couler sur ses joues car, avec plus de force que jamais, la certitude lui vint qu'une fois le manoir cédé, il n'y aurait plus rien à espérer de l'avenir.

Quand elle était à Londres, elle rêvait sans cesse au jour où ils retourneraient habiter leur vraie maison et où elle pourrait à nouveau admirer le jardin et les champs alentour.

Elle respirerait un air frais, parfumé, et retrouverait les vieux Brigg à qui elle pourrait parler de son père et de sa mère, au lieu d'être attelée à la tâche impossible de faire comprendre à Emily ce qu'elle attendait d'elle.

Neoma monta dans la chambre à coucher qui, de tout temps, avait été celle de sa mère. Arrivée là, comme si elle avait été incapable de se retenir plus longtemps, elle se jeta sur le lit et pleura toutes les larmes de son corps.

De plus, elle avait le sentiment de pleurer non seulement la perte du manoir, mais aussi celle du marquis.

— Je l'aime, maman ! Je l'aime ! cria-t-elle d'un ton désespéré.

Elle savait que l'avenir serait toujours vide puisqu'il ne serait pas là !

Elle pressentait également, comme si quelqu'un le lui avait confié, que plus jamais, avec aucun autre homme, elle n'éprouverait l'extase miraculeuse qu'il lui avait fait connaître en l'embrassant sous les étoiles pendant qu'un croissant de lune montait dans le ciel.

Peregrine était libre de juger le marquis malfaisant et débauché ; il pouvait passer pour cruel et impitoyable aux yeux des autres ; mais elle n'oublierait jamais la douceur de ses mains quand il avait séché ses larmes et la gentillesse de sa voix quand il lui avait souhaité une bonne nuit.

« Pourquoi... pourquoi a-t-il fallu que j'aime... quelqu'un d'aussi éloigné de moi... que la lune dans le ciel ? » se demanda Neoma.

Elle se rappela la manière dont il l'avait appelée « Rayon de lune » avec, dans la voix, une intonation qu'elle n'y avait jamais perçue auparavant.

Ce souvenir raviva ses larmes et, finalement, épuisée, elle resta longtemps allongée sur le lit de sa mère à écouter le chant des oiseaux par la fenêtre ouverte et à se dire qu'une fois de retour à Londres, elle ne l'entendrait plus jamais.

A la fin, honteuse d'avoir perdu le contrôle d'elle-même et de s'être laissé vaincre par la tristesse, Neoma se releva pour se passer de l'eau fraîche sur le visage et descendit préparer le dîner de Peregrine.

Il n'y avait pas grandes ressources dans la maison et, quand le vieux Brigg lui offrit de descendre à pied au village, Neoma lui donna les derniers shillings qui lui restaient pour acheter ce dont elle avait besoin.

A l'heure du déjeuner, elle avait mangé un peu de pain et de fromage, mais il n'y avait rien d'autre dans la cuisine et elle savait que, si désespérée que soit leur situation et si sombre que soit l'avenir qui les attendait, Peregrine aurait faim malgré tout et voudrait faire un bon repas.

« Je dois essayer d'engranger tous les instants de bonheur que peuvent encore me donner les dernières heures de mon séjour ici », se promit Neoma.

Comme les pièces semblaient nues, sans fleurs, elle se rendit au jardin pour cueillir quelques roses.

La roseraie, tant aimée par sa mère, avait fait sa fierté. A présent, elle était envahie d'herbes folles, mais les roses, rouges, blanches et jaunes, commençaient juste à éclore et leur parfum et la douceur de leurs pétales furent un baume pour l'angoisse de Neoma.

Mais il lui était difficile de rester longtemps sans penser au marquis et elle se demandait à tout propos ce qu'il avait fait après leur départ.

La brutalité de Peregrine l'avait-elle choqué ? Et, après cet éclat, s'était-il estimé heureux d'être débarrassé d'elle ?

Et s'il avait renoué avec Vicky Vale ? A cette pensée, elle sentit tout son être se révolter.

« Je l'aime ! admit-elle, mais... à quoi bon ? Je dois essayer... de l'oublier. »

Pour se détendre, elle enfonça vivement une rose dans un vase et une épine lui écorcha un doigt.

Ce n'était qu'une insignifiante piqûre, mais la douleur eut pour effet de renforcer l'amertume qui remplissait son cœur et lui oppressait la poitrine.

Les larmes se remirent à couler sur ses joues et c'est à ce moment-là qu'elle entendit des pas dans le hall.

« Peregrine est déjà de retour ! se dit-elle. Il ne faut pas qu'il me trouve en train de pleurer. »

Elle tenta, du revers de la main, de sécher ses larmes, avant de se retourner pour dire à Peregrine qu'il était rentré plus tôt qu'elle ne s'y attendait.

Mais, debout devant elle, se tenait non pas son frère mais le marquis !

Un instant, elle crut être victime de son imagination, elle crut que sa détresse avait suscité la vision de l'être aimé.

Mais il lui fallait se rendre à l'évidence : élégant, séduisant, le marquis se tenait bel et bien devant elle. Il déposa son chapeau et ses gants à l'extrémité de la table sur laquelle elle était en train d'arranger les fleurs, puis il s'avança vers elle.

Il ne disait rien et, au bout d'un moment, Neoma demanda nerveusement :

— Pourquoi... êtes-vous... ici ? Peregrine est parti... à Londres... pour vous voir.

— Je l'ai rencontré, répondit le marquis, mais je souhaitais vous parler.

Neoma le regarda, les yeux écarquillés. Elle avait du mal à comprendre ce qu'il était en train de dire et, quelques secondes plus tard, il proposa gentiment :

— Comme j'ai beaucoup de choses à vous annoncer, il serait peut-être plus confortable de nous asseoir !

— Oui... oui... naturellement ! répondit Neoma. Voulez-vous... passer au salon ?

Elle déposa les roses qu'elle tenait dans ses mains et le précéda pour lui montrer le chemin.

Le soleil entrait par les carreaux taillés en losange des fenêtres, répandant l'or sur les cheveux de Neoma qui, immobile au milieu de la pièce, regardait le marquis.

Elle avait craint de le voir irrité, mais son visage lui parut très grave. Soudain, il s'écria :

— Mais votre doigt saigne !

Elle baissa les yeux et vit du sang à l'endroit où l'épine avait pénétré. C'était infime, mais cela faisait une tache cramoisie sur sa peau blanche.

Le marquis sortit son mouchoir de sa pochette et,

prenant la main de Neoma dans la sienne, essuya le sang.

Au contact de ses doigts, elle tressaillit.

Il dut deviner son trouble car il la regarda et, quand leurs yeux se rencontrèrent, il sembla à Neoma que non seulement il comprenait ses sentiments, mais qu'il lui était impossible de détacher les yeux des siens.

Pendant ce qui lui parut une éternité, tous deux restèrent parfaitement immobiles. Enfin, le marquis rompit le silence :

— Ne restez pas debout, Neoma. J'ai à vous parler.

Elle lui obéit et s'assit dans un fauteuil, près de la cheminée vide, à la place de prédilection de sa mère.

Le marquis resta debout encore un moment, à la regarder, avant de s'installer en face d'elle.

— J'ai beaucoup de choses à vous confesser, commença-t-il, et, comme je ne l'ai jamais fait auparavant, je ne sais pas très bien par où commencer.

Neoma le regarda avec étonnement et il ajouta :

— Je ne sais pourquoi, mais je crois que vous comprendrez.

— J'essaierai... de comprendre... tout ce que... vous avez... à me dire.

Elle ressentait encore le tremblement qui l'avait parcourue quand le marquis avait touché sa main.

Une pensée lui traversa l'esprit : s'il était sur le point de la quitter, peut-être l'embrasserait-il une fois encore avant de sortir de sa vie pour toujours ?

Le marquis détourna la tête pour regarder la fenêtre embrasée et se mit à raconter :

— Nous n'étions qu'à deux semaines de mon vingt et unième anniversaire, quand mon père m'apprit qu'il avait pris des dispositions pour mon mariage.

— V... votre... mariage ? s'exclama Neoma.

Elle n'avait jamais pensé qu'il pût être marié et Peregrine ne lui en avait jamais touché mot.

— Dès ma prime enfance, poursuivit le marquis, on m'a enfoncé dans la tête l'importance de ma position sociale et l'obligation où je serais, le moment venu, d'avoir un fils pour perpétuer le nom et donner un héritier à Syth.

Neoma écoutait avec une vive attention, les mains jointes sur les genoux, les yeux rivés sur le visage du marquis.

— Mon père m'apprit qu'il avait négocié mon mariage avec le duc de Hull dont la fille était d'un an mon aînée. J'essayai de protester. Je voulais rester plus longtemps célibataire avant d'être emprisonné dans les liens du mariage, mais mon père ne voulut rien entendre.

Neoma se rappela avoir vu, à Syth, le portrait du cinquième comte de Rosyth et elle lui avait trouvé l'air très autoritaire et dominateur.

— Je reçus une invitation pour un séjour chez les Hull, dans leur château du Northumberland, poursuivit le marquis, et quand je vis la jeune fille que l'on me destinait, je fus conquis.

— Elle était... tellement belle ?

— Très belle ! répondit le marquis. En fait, Lucille incarnait la femme que tout homme rêve d'épouser.

Neoma ressentit un accès de jalousie comme elle n'en avait jamais éprouvé.

« Il était facile de prévoir, pensa-t-elle, que le marquis était destiné à trouver une très belle compagne, digne de sa propre beauté. »

— J'étais très jeune et extrêmement idéaliste, continua le marquis avec, dans la voix, une note sarcastique qui en était absente un instant auparavant. On peut dire, je pense, que dès le premier regard, j'ai été en adoration devant Lucille.

Neoma retint son souffle. Il lui était difficile de l'écouter faire de pareilles révélations sans se sentir blessée, déchirée.

— Je lui écrivis des poèmes aussi passionnés et romantiques que ceux composés par John Donne, poursuivit le marquis, et elle m'assura de son amour pour moi.

Il fit une pause avant d'ajouter :

— Il me tardait d'être marié et mon père, aussi bien que le duc, ne voyaient aucune raison de nous faire attendre. Pour moi, c'était comme si, en ma faveur, on avait ouvert les portes du paradis.

Neoma fit un petit geste des mains, sans rien dire, et le marquis continua son récit :

— Nous nous mariâmes dans le Northumberland et descendîmes ensuite vers le sud, nous dirigeant vers Syth et faisant étape dans diverses demeures que des amis mettaient à notre disposition.

Le marquis considéra Neoma un certain temps avant de ramener son regard vers la fenêtre pour ajouter :

— Je n'ai pas besoin de vous dire, comme cela se passait pendant la guerre, qu'il nous était impossible de partir à l'étranger, ainsi que je le souhaitais. Pour notre voyage de noces, j'aurais voulu emmener Lucille à Venise et je lui promis de le faire dès que Napoléon aurait été vaincu.

Neoma songea qu'être à Venise avec le marquis serait certainement le paradis pour elle et elle se demanda pourquoi elle éprouvait une telle souffrance à l'entendre évoquer ces souvenirs.

L'écouter lui confier les sentiments qu'il avait ressentis pour une autre la mettait au supplice.

— Sur le chemin de Syth, nous nous arrêtâmes à Londres, continua le marquis, et Lucille me persuada de la couvrir de bijoux, ce que je n'étais que trop disposé à faire. Elle avait envie d'une foule de choses, mais, quand on aime, on souhaite faire sans cesse des présents à l'être aimé.

Neoma repensa au collier de turquoises et de diamants qu'il lui avait offert. Elle se dit ensuite avec désespoir que ce n'était pas par amour qu'il le lui avait offert, mais pour une raison très différente.

— Enfin, nous arrivâmes à Syth, continua le marquis, et, bien que Lucille eût déjà séjourné au château pendant nos fiançailles, j'avais le sentiment que nous pouvions y faire mille choses et que j'avais mille choses à lui montrer.

Neoma sentit les larmes lui monter aux yeux.

Elle pensait au marquis chevauchant avec la femme qu'il aimait, tout comme, en sa compagnie, dans le soleil levant, elle avait monté ses superbes chevaux.

Le marquis s'interrompit un moment avant de reprendre d'une voix dure :

— Deux jours après notre arrivée à Syth, Lucille s'enfuyait !

Il se leva tout en parlant, comme s'il était plus facile debout d'évoquer ces moments-là.

— S'enfuyait ? répéta Neoma.

— Elle m'avait laissé un mot, expliqua le marquis, pour m'apprendre qu'elle allait rejoindre l'homme de sa vie et que, démunie d'argent alors que j'en étais couvert, elle emportait ce qu'elle estimait avoir bien gagné à m'écouter lui déclarer mon amour alors que son cœur était ailleurs !

— Oh !... non !

— Elle avait pris avec elle tous mes cadeaux et beaucoup plus encore, poursuivit le marquis. Des bijoux de famille, des miniatures, des tabatières serties de diamants et j'en passe... tant de trésors glanés dans les salons...

— Quelle cruauté ! Quelle ignominie !

— Je n'arrivais pas à y croire. Sur ces entrefaites, mon père arriva pour passer quelques jours chez moi et, après que je l'eus mis au courant des événements, il m'ordonna de retrouver Lucille en Irlande et de la ramener.

Ses lèvres se crispèrent, puis il poursuivit son récit :

— C'est alors que je compris que mon père en savait beaucoup plus long que moi. Il m'apprit, en effet, que Lucille était amoureuse d'un comte irlandais sans le sou, un cousin éloigné du duc. Cet Irlandais avait été jeté à la porte du château quand il avait parlé d'épouser Lucille.

— Votre père la savait amoureuse d'un autre... quand il a pris des dispositions pour votre... mariage ?

— Oui ! et le duc était également au courant, renchérit le marquis d'un air désabusé, puisque c'est lui qui révéla toute la situation à mon père. Cela ne les avait pas empêchés tous deux d'estimer souhaitable notre union !

— Quelle cruauté ! Quelle vilenie !

— Quelle humiliation, aussi ! Je répondis à mon père que je n'avais absolument pas l'intention de me lancer à la poursuite de ma femme et que je ne voulais plus jamais la revoir.

— Qu'a-t-il répliqué à cela ?

— Il est allé lui-même en Irlande et s'est battu en duel à ma place, blessant presque mortellement le comte !

Neoma en eut le souffle coupé, mais le marquis poursuivit :

— Ensuite, il ramena de force Lucille à Syth et nous ordonna de vivre ensemble comme mari et femme et de nous accommoder de la situation.

Il y eut un silence avant que Neoma ne demande :

— Qu'avez-vous... fait ?

— Rien, répondit le marquis. Lucille s'enfuit de

nouveau à la première occasion, à cette différence près que, cette fois-ci, elle ne prit même pas la peine de me laisser un mot pour me faire part de ses intentions.

Il y eut un nouveau silence, puis il poursuivit :

— Elle s'est noyée dans une tempête en traversant la mer d'Irlande. Lucille était tellement pressée de rejoindre son amant qu'elle avait loué un bateau de pêche en mauvais état. Il a chaviré.

— Qu'avez-vous... ressenti ?

— Il m'est difficile de décrire mes sentiments à cette époque, répondit le marquis. Un mélange d'amertume et d'abjecte humiliation s'ajoutant à une haine à l'encontre de tous les comparses impliqués dans cette farce grotesque. De plus, suite à la colère qu'il avait ressentie en apprenant ces événements et aux efforts qu'il avait dû déployer pour ramener Lucille d'Irlande, mon père eut une crise cardiaque. En fait, il mourut dans l'année.

Le marquis fixa d'un regard absent la fenêtre devant lui et ce n'est qu'au bout d'un long moment qu'il ajouta :

— Ce qui s'était passé me fit haïr non seulement cette femme, cette épouse que j'avais aimée avec toute l'ardeur passionnée de la jeunesse, mais également mon père et tout ce qu'il représentait.

Le marquis continua d'un ton amer :

— Je les considérais, le duc et lui, comme les piliers de ce qui, à mes yeux, n'était qu'une tradition en train de disparaître et dont un des principes était que le sang bleu ne doit se mêler qu'à du sang bleu et que rien d'autre n'a d'importance hormis la pérennité de la race.

— Je comprends très bien... vos sentiments.

— Je vous ai raconté tout cela, expliqua le marquis, parce que je tenais à répondre à votre question :

à savoir pourquoi je me suis conduit comme je l'ai fait pendant plusieurs années.

C'est d'une voix dure qu'il poursuivit :

— Je me suis engagé dans l'armée et suis parti pour le Portugal sous le commandement de Wellington. Chaque fois que je tuais un Français, il me semblait que je faisais tomber un pan de la fausse idéologie responsable de l'humiliation que j'avais subie dans mon mariage.

Neoma leva les yeux vers lui en se disant qu'elle commençait à comprendre.

— Une fois la guerre terminée, poursuivit le marquis, je sentais, toutes les fois qu'un imbécile en état d'ivresse perdait de l'argent en jouant contre moi ou s'avilissait sous mon toit ou à ma table, que je rendais à la société tout entière la monnaie de sa pièce pour ce que j'avais souffert à la suite de la façon dont j'avais été trompé et exploité.

A présent, Neoma savait pourquoi, assis en bout de table à se délecter de la vulgarité et du dérèglement des mœurs de ses invités, il lui avait fait penser à une Circé mâle changeant ses hôtes en pourceaux.

— Je me jurai également, poursuivit le marquis, de ne plus jamais tomber amoureux, de ne plus jamais faire confiance à une femme.

Ses lèvres se tordirent en un sourire moqueur pour dire :

— Je décidai de ne plus fréquenter que des femmes qui, ouvertement et honnêtement, vendaient leurs faveurs pour de l'argent. Avec elles, je savais exactement à quoi m'en tenir et je ne risquais pas de souffrir.

Neoma revit Vicky Vale, son allure aguichante, sa beauté tapageuse, ses regards langoureux, sa bouche rouge provocante et sa façon délibérée de minauder avec le marquis.

C'est alors que Neoma sentit qu'elle était à bout : elle ne supportait plus de l'entendre parler de pareilles femmes, alors qu'elle l'aimait.

Mais elle se rappela combien il avait souffert et il lui apparut soudain semblable à Peregrine : jeune et vulnérable ! Peregrine, qui était dans une impasse sans en être fautif, et ne sachant comment s'en sortir.

Elle se sentit comme responsable du marquis, avec le devoir de le protéger, tout comme elle s'efforçait de prendre soin de Peregrine et de lui rendre la vie moins dure.

— Je vous plains, dit-elle d'une voix douce, je vous plains de tout mon cœur.

— Je ne veux pas de votre commisération, répliqua le marquis. Je veux simplement que vous compreniez pourquoi je suis ce que je suis.

— Je comprends à présent, mais tout cela s'est passé il y a longtemps. Vous ne pouvez pas continuer à... haïr tout le monde à jamais.

— C'est ce dont je viens juste de me rendre compte, expliqua le marquis. Je croyais la haine tellement ancrée en moi, tellement inhérente à moi-même, que rien, jamais, ne pourrait l'extirper. C'est alors que je vous ai rencontrée !

Il avait prononcé ces dernières paroles d'une voix si douce que Neoma pensa qu'elle n'avait pas bien entendu.

Comme elle levait vers lui des yeux ahuris, il poursuivit :

— Je suis venu ici pour vous poser une question très simple, et je veux que vous y répondiez sincèrement.

— La... laquelle ?

— Hier, quand je vous ai embrassée, commença le marquis, vous avez dit que vous m'aimiez. Je veux savoir si c'est la vérité, la pure vérité.

Neoma retint sa respiration.

Elle n'arrivait pas à parler, était incapable de répondre, et le marquis ajouta :

— Je sais que vous priez. Cela signifie donc que vous croyez en Dieu. Comme si vous étiez devant Dieu, je veux que vous répondiez à ma question par la vérité — rien que la vérité. Je ne pourrais supporter que l'on me mente une seconde fois.

Presque comme s'il lui avait demandé de le faire, Neoma se mit debout. Ses yeux semblaient remplir tout son visage et d'une voix si grave qu'il l'entendit à peine, elle déclara :

— Quand... vous m'avez... embrassée... ce fut... ce qui m'est arrivé... de plus merveilleux... et j'ai su... que... que je vous aimais. Lorsque je vous ai quitté... hier... pensant... ne plus jamais... vous revoir... j'ai su que... jamais plus... dans ma vie... je ne pourrais... aimer... quelqu'un d'autre.

Sa voix s'éteignit dans le silence et le marquis resta pétrifié. Il se tenait debout à la regarder, scrutant son visage comme s'il avait voulu lire au fond de son âme.

Il finit par dire :

— En êtes-vous sûre ? Etes-vous tout à fait certaine qu'en dépit de mon comportement, en dépit de ce que je vous ai proposé ?...

— Ce n'était pas votre faute, s'empressa de protester Neoma. Cela n'a pu arriver que parce que Peregrine et moi vous avons menti en vous cachant, sur les conseils de Charles qui craignait un scandale, que j'étais la sœur de Peregrine. Charles affirmait que mon frère serait mis au ban de la société si l'on apprenait qu'il m'avait conduite à l'une de vos... célèbres soirées.

— Cela n'aurait jamais dû arriver, affirma le marquis, et cela n'arrivera jamais plus !

Il avait un pâle sourire sur les lèvres quand il ajouta :

— Je vous demande de m'épouser, mon amour. Dieu sait que je suis parfaitement indigne de vous, mais, si vous m'aimez, peut-être pourrez-vous fermer les yeux sur tous mes péchés pour vous rappeler seulement que je vous aime aussi !

Il vit les yeux de Neoma s'éclairer soudain, pendant que tout son visage rayonnait comme si une source de lumière l'illuminait de l'intérieur.

Elle murmura :

— Vous... vous m'aimez... vraiment ?

— Je vous aime comme je n'ai jamais aimé, répondit le marquis, et c'est la pure vérité ! Ce que j'ai ressenti, il y a longtemps, n'était que l'embrasement romantique d'un jeune blanc-bec. Ce que j'éprouve maintenant est tout à fait différent. Mais j'ai peur... terriblement peur !

— Peur ?

— D'avoir peut-être gâché une harmonie tellement parfaite, pure et adorable que, comme l'or des fées, elle puisse s'évanouir au contact de mains humaines.

Sa voix se fit plus grave quand il demanda :

— Ai-je gâché ce que vous éprouviez pour moi, mon trésor ?

Il restait immobile et Neoma se rapprocha un peu de lui.

— Si nous avions perdu... ce bonheur... je me sentirais comme si... le soleil ne devait plus jamais... briller... comme si je devais... à jamais... errer dans les ténèbres.

Elle fit une pause avant d'ajouter :

— Je suis certaine que... si vous... m'embrassiez... nous nous apercevrions... qu'il est toujours là.

Sa voix n'avait été qu'un murmure, mais le marquis avait compris. Il ouvrit des bras dans lesquels

Neoma s'abandonna et il la serra doucement contre lui.

— O, mon petit Rayon de lune, souffla-t-il. J'ai peur ! Tellement peur ! Après t'avoir trouvée, je crois que te perdre me tuerait !

— C'est... ce que... j'ai pensé... quand j'ai cru... vous avoir perdu.

Le marquis l'attira encore plus près de lui et, lentement, comme s'il avait peur tout en jouissant de l'instant, posa ses lèvres sur les siennes.

L'espace d'une longue seconde, Neoma crut envolé l'enchantement qu'elle avait ressenti la première fois. Puis, comme un éclair la traversant, il fut là, surgi du tréfonds d'elle-même, sur ses lèvres.

La pièce vacilla et toute la beauté du monde se posa sur eux, comme la première fois, mais plus sûrement encore, avec plus d'intensité car tous deux avaient souffert.

Elle croyait l'avoir perdu, mais il était là, elle était là, prisonnière de ses lèvres, du sentiment de sécurité que lui donnaient ses bras, ce sentiment qu'elle avait pensé ne plus jamais connaître.

— Je t'aime ! Je t'aime ! essaya-t-elle de dire.

C'était un hymne de joie qui résonnait jusqu'au ciel, jusqu'aux étoiles, jusqu'au cœur du soleil et qui les embrasait dans la gloire.

— Je t'aime ! Je t'aime !

Le marquis avait relevé la tête et elle pouvait maintenant le clamer. Quand elle leva les yeux vers lui, elle ne vit plus l'homme d'autrefois : il était transfiguré.

Bannis de son visage le cynisme et le dédain ! Il avait l'air très jeune, heureux, amoureux !

— Quand, mon amour, quand, ma belle, m'épouses-tu ?

— Et... Peregrine ?

— Il a déjà donné sa bénédiction.

— Vous... tu as dit à Peregrine... que tu voulais... m'épouser ?

— Je me suis humblement excusé pour ma conduite. Il a eu parfaitement raison de dire ce qu'il a dit et de faire ce qu'il a fait.

Abasourdie, Neoma le regarda bien en face.

Il lui paraissait impossible que « l'impérieux marquis » fasse des excuses à qui que ce soit, encore moins à son propre frère !

— C'est la vérité, la rassura-t-il avec un sourire, et Peregrine a déjà accepté certaines faveurs que je lui ai proposées au titre de futur beau-frère.

— Par exemple ?

— J'ai pensé que lui et Waddesdon avaient mieux à faire qu'être livrés à eux-mêmes en plein Londres, à dépenser de l'argent qu'ils n'ont pas.

— C'est bien mon avis !

— J'ai donc proposé de leur acheter, à chacun, une charge d'officier dans mon propre régiment : la cavalerie de la garde royale !

Neoma poussa un petit cri.

— Tu es sérieux ? Tu le feras vraiment ? Cela va changer toute la vie de Peregrine... et il pourra monter d'excellents chevaux !

— J'ai l'impression, répondit le marquis, qu'il montera également les miens et je suis heureux que tu sois d'accord.

— D'accord ? s'écria Neoma. Comment pourrais-je te remercier ?

— Pour le moment, je me contenterai d'un baiser, proposa tendrement le marquis, mais je suis toujours impatient de connaître la date de notre mariage !

— Quand... quand tu voudras, répondit Neoma en se rapprochant de lui. Ce soir ? Demain ? Je veux être... avec toi.

Le marquis la serrait si fort qu'elle avait du mal à respirer.

— Voilà qui est bien ! approuva-t-il. J'ai souhaité que tu sois mienne la première fois que je t'ai vue, mon amour.

— Quand était-ce ? demanda Neoma.

— A Syth, dans le salon. Tu étais debout, seule, tellement jeune, tellement belle, et infiniment pure...

— Que tu as vraiment pensé que j'étais l'introuvable « belle qui soit fidèle » ?

Le marquis poussa un soupir.

— J'étais suffisamment idiot pour croire que tu ne correspondais peut-être pas parfaitement à ce que je cherchais, mais cela ne m'empêchait pas de te désirer.

L'étreinte de ses bras se resserra.

— Quand je t'ai trouvée dans la chapelle, je ne pouvais pas...

— Comment as-tu su... que j'y étais ? interrompit Neoma.

— Quand je suis sorti du salon, je t'ai vue courir dans le corridor. Je n'arrivais pas à comprendre ce qui s'était passé.

— Tu as dû me croire... idiote... en voyant que j'étais aussi... bornée.

— Dois-je t'avouer ce que j'ai pensé après que tu sois montée te coucher ?

Neoma le regarda, l'air inquiet.

— J'ai pensé, mon petit trésor d'amour, que j'étais l'homme qui avait le plus de chance sur la terre. J'avais trouvé ce que tous les hommes souhaitent dans leur cœur et que si peu trouvent.

— Tu ne seras pas... déçu ?

Un sourire illumina le visage du marquis.

— Je serais plongé dans un abîme de désespoir si tu avais cessé de m'aimer.

— Comment aurais-je pu ? Tu m'as fait sentir...

que j'avais trouvé un bonheur... si rare... si merveilleux... qu'il n'était pas de ce monde.

Le marquis appuya sa joue contre la sienne.

— Me promets-tu, soupira Neoma, de tout m'expliquer... à l'avenir... afin que je ne sois plus... aussi sotte et ignorante ?

— Je te parlerai de l'amour, ma chérie, mais tu n'auras pas besoin de connaître le reste, car tu n'iras plus jamais à une soirée peu recommandable chez le marquis de Rosyth !

— Si je n'y étais pas allée... je ne t'aurais jamais rencontré !

Le marquis partit d'un petit éclat de rire.

— Mon trésor, même si j'ai vraiment honte de ce qui s'est passé, je n'oublierai jamais de quoi tu avais l'air, ce soir-là, au dîner !

Neoma posa la tête sur son épaule.

— De quoi avais-je l'air ? demanda-t-elle.

— D'un ange, tombé du ciel par erreur ! ou peut-être était-ce un rayon de la lune ? Je ne connaissais pas ton prénom à ce moment-là.

Il promenait ses lèvres sur le visage de Neoma tout en poursuivant :

— Voilà ce que tu dois être pour moi à l'avenir : une lumière qui me ramène à la décence.

— Le pourrai-je... vraiment ?

— Seulement si tu m'aimes vraiment.

— Tu sais que je t'aime ! Je t'appartiens corps et âme, même si je ne l'ai compris... qu'au moment où... tu m'as... embrassée.

— Je t'embrasserai jusqu'à ce que tu en sois tout à fait sûre, répondit le marquis.

Leurs lèvres se soudèrent et il n'y avait plus que de la musique et du soleil, et l'enchantement du pardon de Dieu pour le passé, et son inspiration pour l'avenir.

« Je t'aime ! Je t'aime ! » se répétait Neoma dans son cœur.

En chantant ces mots, elle savait qu'ils étaient comme une prière ruisselant de son âme.

Ses prières avaient été entendues et elle pensa que sa mère était très proche d'elle, en ce jour où elle trouvait un bonheur si parfait, si enivrant qu'elle aurait voulu se mettre à genoux pour en remercier Dieu.

Elle ne le fit pas, mais, sentant les lèvres du marquis, ardentes, exigeantes et passionnées réveiller en elle la flamme qui semblait embraser tout son corps, elle fit le serment de se consacrer au bonheur de l'homme qu'elle aimait et de le dédommager pour tout ce qu'il avait souffert.

Elle comprenait que les cicatrices étaient profondes et que le marquis serait incapable de changer du jour au lendemain.

C'est son sixième sens et sa perspicacité de femme qui lui faisaient entrevoir les difficultés qui l'attendaient, les moments où le marquis serait à nouveau altier et méprisant.

Elle se dit ensuite qu'il n'y avait pas de difficultés ni de problèmes que leur amour ne puisse résoudre à la longue.

Comme s'il débordait, s'enflait, brûlant d'une flamme pure, son amour de femme se répandait sur lui, générateur des effets qu'elle espérait.

Il détacha ses lèvres des siennes pour exulter :

— Je t'aime ! Je t'adore ! O mon merveilleux, mon inestimable Rayon de lune ! Je ne peux pas vivre sans toi ! Tu seras mon guide tout au long de notre vie ! Tu es à moi ! Mienne pour l'éternité !

Ensuite il n'y eut plus que la magnificence d'une extase indicible qui les élevait vers Dieu...

Malataverne (324★)
Ce ne sont pas des voyous, seulement des gosses incompris.
L'hercule sur la place (333★★)
L'aventure d'un adolescent parmi les gens du voyage.
L'espion aux yeux verts (499★★)
Des nouvelles qui sont aussi les souvenirs les plus chers de Bernard Clavel.
La grande patience :
1 - La maison des autres (522★★★★)
2 - Celui qui voulait voir la mer (523★★★★)
3 - Le cœur des vivants (524★★★★)
4 - Les fruits de l'hiver (525★★★★)
Julien ou la difficile traversée d'une adolescence sous l'Occupation.
Le seigneur du fleuve (590★★★)
Le combat, sur le Rhône, de la batellerie à chevaux contre la machine à vapeur.
Pirates du Rhône (658★)
Le Rhône d'autrefois, avec ses passeurs, ses braconniers, ses pirates.
Le silence des armes (742★★★)
Après la guerre, il regagne son Jura natal. Mais peut-on se défaire de la guerre ?
Ecrit sur la neige (916★★★)
Un grand écrivain se livre à ses lecteurs.
Tiennot (1099★★)
Tiennot vit seul sur son île lorsqu'une femme vient tout bouleverser.
La bourrelle — l'Iroquoise (1164★★)
Au Québec, une femme a le choix entre la pendaison et le mariage.
Les colonnes du ciel :
1 - La saison des loups (1235★★★)
« Un hiver terrible où le vent du nord portait la peur, la mort et le hurlement des loups. »
2 - La lumière du lac (1306★★★★)
L'histoire de ce « fou merveilleux » qui bouleverse les consciences, réveille les tièdes, entraîne les ardents.
3 - La femme de guerre (1356★★★)
Pour poursuivre l'œuvre du « fou merveilleux », Hortense découvre « l'effroyable devoir de tuer ».
4 - Marie Bon Pain (1422★★★)
Marqué par la guerre, Bisontin ne supporte plus la vie au foyer.

COLETTE
Le blé en herbe (2★)
Phil partagé entre l'expérience de Léa et l'innocence de Vinca.

CURTIS Jean-Louis
Un jeune couple (321★★★)
La désagrégation d'un amour par la société de consommation.
L'horizon dérobé :
1 - L'horizon dérobé (1217★★★★)
2 - La moitié du chemin (1253★★★★)
3 - Le battement de mon cœur (1299★★★)
Seule l'amitié résiste à l'usure des ans.

DAUDET Alphonse
Tartarin de Tarascon (34★)
Sa vantardise en a fait un héros immortel.
Lettres de mon moulin (844★)
Le curé de Cucugnan, la chèvre de M. Seguin... Des amis de toujours.

FLAUBERT Gustave
Madame Bovary (103★★)
De cet adultère provincial Flaubert a fait un chef-d'œuvre.

PEREC Georges
Les choses (259★)
Le bonheur est-il lié aux choses qui peuvent s'acheter ?

PERRAULT Gilles
Casanova (1279★★★★)
Le plus célèbre séducteur de son temps, un grand écrivain.

RENARD Jules
Poil de carotte (11★)
Sous son ironie facilement amère, que de tendresse pour son père !

TROYAT Henri

La neige en deuil (10★)
Une tragédie dans le cadre grandiose des Alpes.

La lumière des justes :
1 - Les compagnons du coquelicot (272★★★)
2 - La barynia (274★★★)
3 - La gloire des vaincus (276★★★)
4 - Les dames de Sibérie (278★★★)
5 - Sophie ou la fin des combats (280★★★)
Entre 1814 et 1870, les amours d'une jeune Parisienne et d'un lieutenant du tsar.

Le geste d'Eve (323★)
Les histoires les plus invraisemblables ne sont pas forcément les moins vraies.

Les Eygletière :
1 - Les Eygletière (344★★★)
2 - La faim des lionceaux (345★★★)
3 - La malandre (346★★★)
Dans une famille bourgeoise, l'égoïsme, les appétits et les vices se déchaînent.

Anne Prédaille (619★★)
L'amour étouffant d'Anne dévore aussi bien son père que le jeune Laurent.

Le Moscovite :
1 - Le Moscovite (762★★)
2 - Les désordres secrets (763★★)
3 - Les feux du matin (764★★)
Emigré français en Russie sous la Révolution, il se retrouve exilé à Paris, pris entre deux amours.

Le front dans les nuages (950★★)
Deux femmes mûres découvrent la vie.

Le prisonnier n° 1 (1117★★)
Nul ne saura qui il est, ainsi en a décidé Catherine II.

Viou (1318★★)
Cette petite fille transforme en lumière la grisaille de la vie.

ZOLA Emile

L'assommoir (900★★★)
Gervaise, courageuse ouvrière, affronte le drame de l'alcool et de la misère.

Germinal (901★★★)
Le mineur Etienne Lantier appelle ses camarades à la révolte.

La terre (902★★★)
Le monde des paysans dans sa réalité terrible et grandiose.

Nana (954★★★)
Une courtisane sensuelle et subversive.

La bête humaine (955★★★)
Elle fonce et tue, telle la locomotive folle...

La fortune des Rougon (1008★★)
« C'était une famille de bandits à l'affut, prêts à détrousser les événements. »

Thérèse Raquin (1018★★)
La déchéance d'une femme soumise à ses sens.

Achevé d'imprimer sur les presses de l'imprimerie Brodard et Taupin
7, Bd Romain-Rolland, Montrouge. Usine de La Flèche,
le 10 mai 1983
6589-5 Dépôt Légal mai 1983. ISBN : 2 - 277 - 21469 - 8
Imprimé en France

1469
★★

Editions J'ai Lu
31, rue de Tournon, 75006 Paris
diffusion France et étranger : Flammarion